OPTIMALE ERNÄHRUNG BEI DIVERTIKULITIS

DAS KOCHBUCH MIT 115 LEICHT UMSETZBAREN REZEPTEN FÜR EINEN BESCHWERDEFREIEN ALLTAG BEI DIVERTIKULITIS

DIRK ZIEGLER

ISBN 978-3-949124-00-6

Noch zwei Hinweise in eigener Sache:

In diesem Buch wurde bewusst auf den Einsatz von Bildern verzichtet, um Ihnen die besten Rezepte im Bereich Divertikulitis zu einem erschwinglichen Preis liefern zu können. Denn Farbbilder erhöhen die Druckkosten auf Amazon, um ein Wesentliches.

Der Autor dieses Buches ist kein Arzt oder sonstiger Mediziner. Die hier dargestellten Inhalte dienen ausschließlich der neutralen Information, Weiterbildung und Unterhaltung. Sie stellen keine Empfehlung oder Bewerbung der beschriebenen oder erwähnten diagnostischen Methoden oder Behandlungen dar. Der Text ersetzt keinesfalls eine medizinische Beratung durch einen Arzt. Bei gesundheitlichen Fragen, Beschwerden oder Problemen konsultieren Sie immer Ihren Arzt!

INHALTSVERZEICHNIS

EINLEITUNG

Liebe Leserinnen und Leser,

der menschliche Darm ist ein äußerst wichtiges Körperorgan. Rund 80 % der Immunzellen finden sich im Darm, die tagtäglich zahlreiche schädliche Keime, Erreger, Bakterien oder Viren erkennen und bekämpfen. Zugleich leben in der Darmflora rund 100 Billionen Bakterien und andere nützliche Mikroorganismen, die in der Fachterminologie als „Mikrobiom" bezeichnet werden. Diese guten Bakterien unterstützen die täglichen Verdauungsvorgänge, stellen wichtige Nährstoffe und Vitamine her, schützen die Immunabwehr und regulieren sogar das Körpergewicht. So haben übergewichtige Personen beispielsweise ein anderes Mikrobiom: Es ist nicht so variantenreich und es überwiegen hauptsächlich die Bakterienarten, die Fettsäuren für die Körperfettzellen produzieren. Wenn dieses Mikrobiom jedoch aus der Balance gerät, kann es zu diversen Erkrankungen kommen, so zum Beispiel zu einer Divertikulitis.

Dieses Buch möchte Sie näher in dieses Thema einführen und viele wertvolle Informationen liefern. Gleichzeitig lernen Sie hier eine darmfreundliche Ernährungsweise kennen, die mit essenziell wichtigen Nähr- und Vitalstoffen für Beschwerdefreiheit im Alltag sorgen soll. Heutzutage steht nämlich fest, dass eine gesunde, ballaststoffreiche und ausgewogene Ernährungsweise das Mikrobiom des Darms in einer sehr positiven Art und Weise beeinflussen kann.

Die meisten Menschen sind völlig überrascht, wenn sie mit der Diagnose „Divertikulitis" konfrontiert werden. In den meisten Fällen erlangen Sie hiervon Kenntnis im Rahmen einer medizinischen Routineuntersuchung. Andere wiederum werden von unterschiedlichen entzündlichen Erscheinungen geplagt und leiden unter intensiven Schmerzen in der linken Unterbauchregion, Fieber, Übelkeit, Abgeschlagenheit sowie einer stark angespannten Bauchdecke.

Bei einer Divertikulitis kommt es zur Bildung von Ausstülpungen in der Darmwand: Diese Divertikel sind an sich kein Krankheitsfaktor und können überhaupt keine Beschwerden verursachen. In einigen Fällen können sie sich jedoch entzünden und zu vielen unangenehmen und schmerzhaften Beschwerden führen. Insbesondere bei älteren Frauen und Männern in den Industrienationen kommt eine Bildung von Divertikeln recht häufig vor. Ein bedeutender Risikofaktor für die Entstehung dieser Erkrankung ist eine Ernährungsweise, die viel zu ballaststoffarm ist. Aus diesem Grund ist es sehr wichtig, zusätzlich zu möglicherweise notwendigen medizinischen Therapiemaßnahmen den Fokus auf eine Ernährungsumstellung zu setzen: Weißmehlprodukte, aber auch zucker- und fettreiche Nahrungsmittel sind vom Speiseplan zu streichen.

In diesem Ratgeber erfahren Sie alles Wichtige über die Ursachen und die verschiedenen Symptome einer Divertikulitis. Gleichzeitig zeigen wir Ihnen, welche Ernährungsweise gegen diese Aussackungen der Darmwand zur Anwendung kommen und eine wohltuende Beschwerdelinderung verschaffen kann. Eine Änderung des individuellen Essverhaltens ist nämlich ein zentraler Behandlungsbaustein, denn dadurch kann dafür gesorgt werden, dass sich diese Ausstülpungen in der Darmwand überhaupt nicht erst entzünden.

Das große Ziel dieses Buches ist, eingehend über dieses so wichtige Thema zu informieren und verschiedene Möglichkeiten und Wege aufzuzeigen, wie auch im Rahmen einer Divertikulitis ein gesundes, glückliches und beschwerdefreies Leben geführt werden kann.

Gleichzeitig erwarten Sie auf den folgenden Seiten 115 gesunde, ballaststoffreiche und sehr geschmackvolle Rezepte, die Ihnen eine darmfreundliche Ernährung im Alltag ermöglichen.

Wir wünschen Ihnen viel Freude beim Lesen, alles Gute und ganz viel Gesundheit!

DIVERTIKULOSE & DIVERTIKULITIS – WAS STECKT KONKRET DAHINTER?

„Divertikulose" ist der medizinisch-fachterminologische Begriff für eine ganz bestimmte Darmveränderung. Dabei bilden sich gewisse Ausstülpungen, Aussackungen in der Darmwand – die sogenannten Divertikel. Im Grunde sind diese Darmausstülpungen harmlos und lösen auch keine schmerzhaften Beschwerden aus. In einigen Fällen können sie sich jedoch entzünden, verletzt werden und sogar zu bluten beginnen. So wird aus der Divertikulose eine Divertikulitis.

Divertikel im Dickdarmbereich kommen besonders häufig in den westlichen Ländern vor und zählen zusammen mit einem zu hohen Körpergewicht, Diabetes oder Bluthochdruck zu den sogenannten Zivilisationserkrankungen. Ärzte sind der Meinung, dass eine ballaststoffarme Ernährungsweise eine wesentliche Rolle bei der Entstehung einer Divertikulose spielt. Durch einen zu geringen Ballaststoffanteil in der täglich aufgenommenen Nahrung kommt es zu einem sehr harten Stuhl. Bei den meisten Menschen äußert sich das durch häufige Verstopfung. Im Darm wächst jedoch stetig der Druck und so kann es langfristig, über mehrere Jahre dazu kommen, dass sich die Darmschleimhaut in Ausstülpungen nach außen hin wölbt. Von diesem Phänomen sind vor allem ältere Menschen betroffen, denn mit zunehmendem Lebensalter nimmt auch die Festigkeit des Darmbindegewebes mehr und mehr ab.

Wie bereits erwähnt, führen diese Divertikel über eine sehr lange Zeitspanne überhaupt nicht zu irgendwelchen Schmerzen oder Verdauungsbeschwerden.

Medizinern zufolge können aber je nach Anzahl der Ausstülpungen, ihrer Größe sowie ihrer genauen Lokalisation mit zunehmendem Lebensalter bestimmte Beschwerden auftreten, die an ein Reizdarmsyndrom erinnern: So kommt es beispielsweise zu Unregelmäßigkeiten beim Stuhlgang, zu Durchfall, Verstopfung sowie leichten Unterbauchschmerzen auf der linken Seite. Die meisten Divertikel lassen sich im letzten Dickdarmabschnitt vor dem Mastdarm finden: Das ist ein S-förmiger, im linken Unterbauch liegender Teil des Organs, der auch als „Colon-sigmoideum" oder kurz „Sigma" bezeichnet wird (vgl. Trappe, 2016).

Prof. Dr. med. Hans-Dieter Allescher, Chefarzt für Gastroenterologie, Hepatologie, Stoffwechsel und Nephrologie am Zentrum für Innere Medizin am Klinikum Garmisch-Partenkirchen betont in einer Publikation, dass Dickdarm-Ausstülpungen, die einmal entstanden sind, sich nicht mehr rückbilden können (vgl. Allescher & Iburg, 2020, S. 9 f.).

Diese an sich harmlosen Divertikel können sich jedoch unter gewissen Umständen auch in eine entzündliche Darmerkrankung verwandeln, die dann schmerzhafte Beschwerden hervorruft: So kann es zu Blutbeimengungen im Stuhl kommen, Fieber, krampfartigen Bauchschmerzen oder zu einer anhaltenden Verstopfung. Solche Anzeichen deuten in den meisten Fällen auf eine Divertikulitis, also eine Entzündung der Darmausstülpungen oder auf verletzte Divertikel hin.

Mediziner differenzieren drei unterschiedliche Divertikulitis-Stadien:

1. Akute unkomplizierte Divertikulitis

Von dieser Erscheinungsform sind rund 75 % der Divertikulitis-Patienten betroffen. In diesem Fall können die entzündeten Dickdarm-Divertikel unangenehme Beschwerden hervorrufen, doch sie führen im Allgemeinen nicht zu schwereren Komplikationen oder gar Darmwandschäden. Eine konservative Behandlung ist in diesen Fällen nahezu immer ausreichen, es bedarf also nicht eines operativen Eingriffs.

2. Akute komplizierte Divertikulitis

Bei dieser Erscheinungsform führen die Divertikel zu bestimmten Folgekomplikationen, so zum Beispiel zu Abszessen, einem Darmverschluss, Fisteln oder sogar einem Loch in der Darmwand. In diesen Krankheitsfällen ist meistens ein operativer Eingriff erforderlich, um gefährliche gesundheitliche Konsequenzen zu verhindern. In diesen Fällen wird meistens der Teil des Darms entfernt, in dem die entzündeten Divertikel lokalisiert sind.

3. Chronisch rezidivierende Divertikulitis

In diesem Fall entzünden sich die Darmausstülpungen immer wieder von Neuem, sodass es zu permanenten Darmwandschäden kommt.

Die betroffenen Patienten leiden unter Verstopfung, immer wiederkehrenden, intensiven Krämpfen und Schmerzen sowie sonstigen unangenehmen Begleiterscheinungen (vgl. Trappe, 2016a).

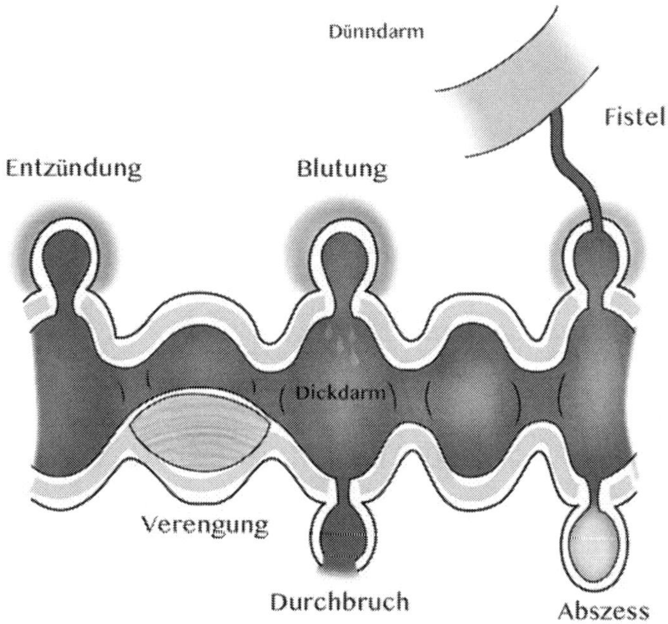

Vor allem im ersten Stadium kann mit einer adäquaten Ernährungsumstellung, also einer ballaststoffreichen Kost sowie einer ausreichenden Flüssigkeitszufuhr eine sehr effiziente Linderung der Beschwerden erzielt werden.

Bei schwereren Erscheinungsformen kann auch der Einsatz von Antibiotika oder sogar ein Klinikaufenthalt erforderlich sein.

Bei der Entstehung von Darmkrankheiten spielt aber nicht nur die eigene Ernährungsweise eine wichtige Rolle, sondern auch das tägliche Ausmaß an Bewegung sowie das individuelle Stresspensum. Um also wirksam einer Divertikulitis vorzubeugen, ist es äußerst wichtig, auf einen ganzheitlichen Ansatz zu setzen.

UNSER DARM – WAS LEISTET DIESES ORGAN EIGENTLICH?

Die Haut ist das größte menschliche Organ und gleich danach folgt größenmäßig der Darm. Dieses Organ hat eine Länge von rund acht Metern - gemessen vom Dünndarm bis zum After. Anatomisch gesehen befinden sich davor der Magen, die Speiseröhre sowie der Rachen- und Mundraum. Der längste Teil ist mit einer Länge von rund fünf bis sechs Metern der Dünndarm.

Der Darm ist ein wahres Wunderwerk und vollbringt täglich eindrucksvolle Meisterleistungen. Er ist sozusagen permanent im Einsatz, ohne, dass wir etwas davon mitbekommen. Lediglich dann, wenn es zu einer Beeinträchtigung der Darmfunktionen und Aufgaben kommt, macht sich das Organ durch Schmerzen und Verdauungsbeschwerden bemerkbar.

Würde man skandinavischen Forschern zufolge alle Zell-Ausstülpungen, Fältchen und Darmzotten zu einer großen Fläche ausbreiten, ergäbe sich die Größe einer kleinen Wohnung von rund 30 bis 40 Quadratmetern (vgl. München (netdoktor.de), 2014).

DER DÜNNDARM UND SEINE FUNKTIONEN

Gemäß Gesundheitsexperten und Medizinern sorgt der Dünndarm zusammen mit bestimmten Enzymen für die Zerlegung der täglich aufgenommenen Nahrungsbausteine, also der Proteine, Fette und Kohlenhydrate. Diese Nährstoffe werden im Dünndarm zu Fettsäuren und den Zuckern der Aminosäuren aufgespalten. Die Verdauungsenzyme werden in den Mund-Speicheldrüsen, im Magen sowie in der Pankreas (Bauchspeicheldrüse) gebildet und in Form von Verdauungssäften in den Darm abgesondert. Auch Darmsekret und Gallenflüssigkeit aus der Gallenblase erleichtern die Nahrungsaufspaltung und Verwertung.

Der menschliche Magen und der Darm sondern zudem einen Schleim ab, der die Darmschleimhäute vor einer Reizung durch die Verdauungsenzyme schützt. Der Nahrungsbrei erhält also durch diverse Verdauungssäfte, Gallenflüssigkeit und Schleim einen recht hohen Wasseranteil und ist somit im Dünndarm recht flüssig. Durch die Dünndarmwände werden dann schließlich die einzelnen Nährstoffe, Salze, Mineralien und Vitamine in den Organismus aufgenommen. Über den Blutkreislauf gelangen sie dann schließlich in alle Körperorgane. Gleichzeitig werden in der Dünndarmwand spezielle

Hormone produziert, die die Bauchspeicheldrüsen- und Gallensaftproduktion anregen. Auf diese Weise gelangt noch mehr Wasser in den Darm.

Des Weiteren rufen diese Hormone im Hirn ein Sättigungsempfinden aus (vgl. Institut für Qualität und Wirtschaftlichkeit im Gesundheitswesen.

Anatomisch gesehen unterteilt sich der Dünndarm in drei verschieden lange Darmabschnitte, nämlich in den Zwölffingerdarm (Duodenum), in den Leerdarm (Jejunum) sowie in den Krummdarm (Ileum) (IQWiG), 2019).

DER DICKDARM UND SEINE AUFGABEN

Wenn von Divertikeln oder einer Divertikulitis die Rede ist, dann geht es um den Dickdarm. Diesen können Sie sich wie eine Schleife vorstellen, die sich um den Dünndarm legt.

Er lässt sich in fünf verschiedene Teile untergliedern:

1. Blinddarm (lateinisch: Coecum)
2. Aufsteigender Dickdarm (Colon ascendens)
3. Quer-Darm (Colon transversum)
4. Absteigender Dickdarm (Colon descendens)
5. Sigma - S-förmiger Dickdarmteil (Colon sigmoideum)

Medizinern zufolge übernimmt der Dickdarm sehr wichtige Funktionen: Hier landen alle Nahrungskomponenten, die der Organismus nicht brauchen und für sich nicht nutzen kann. Dieser Nahrungsbrei wird durch die Muskelwände des Darms in wellenartigen Bewegungen durch die einzelnen Darmabschnitte geführt - bis hin zum Darmausgang, dem sogenannten Anus. Den Nahrungsresten wird bei diesem Prozess reichlich Wasser entzogen, was dazu führt, dass der Stuhl (der Kot) eingedickt wird. Rund 80 % bis 90 % des Wassers werden dem Nahrungsbrei entzogen und ebenso sämtliche Elektrolyte wie Chlorid, Natrium und Kalium, die über die Dickdarmwände in den Blutkreislauf aufgenommen werden. Gleichzeitig wird im Zuge dieses Vorgangs von speziellen Darmwanddrüsen Schleim abgesondert, der den Stuhl gleitfähig macht.

Im Dickdarm sind unzählige Bakterien unterschiedlichster Art angesiedelt. Die Gesamtanzahl dieser Mikroorganismen wird auf rund zehn Billionen geschätzt und es soll mehr als 400 verschiedene Bakterienarten geben! All diese Mikroorganismen sollen ein

Eigengewicht von rund 1,5 Kilogramm haben. Sie sind für die Verarbeitung der unverdaulichen Nahrungsreste verantwortlich. Des Weiteren produzieren sie auch bestimmte Stoffe, die der Körper teilweise noch verwenden kann, so etwa Vitamin K und einige B-Vitamine.

Durch die Arbeit dieser Darmbewohner entstehen jedoch auch viele Stoffe und Gase, die dem festen Nahrungsbrei zum einen den Geruch und zum anderen die Färbung verleihen. Der für den Organismus nicht mehr verwendbare Kot wird schließlich über den After aus dem Körper befördert. Von der Nahrungsaufnahme bis zum letzten Schritt, also der Darmentleerung können - abhängig von der Art des aufgenommenen Essens - zwischen 33 und sogar 43 Stunden vergehen (Rudolf-Müller, 2016).

Zusammengefasst lässt sich also sagen, dass der Dickdarm unseres Körpers vier wichtige Hauptaufgaben erfüllt: Hierzu zählt zum einen die Eindickung des Nahrungsbreis durch den Flüssigkeitsentzug, zum anderen die Aufnahme von Elektrolyten sowie die Ballaststoffverdauung. Letztlich ist der Dickdarm auch noch für die Produktion sowie die Aufnahme von bestimmten Vitaminen zuständig.

DIE DARMFLORA – EIN WESENTLICHER BESTANDTEIL DER IMMUNABWEHR

Eine gesunde Darmflora ist von entscheidender Bedeutung für ein leistungsstarkes Immunsystem, aber auch für die allgemeine Verdauungsfunktion sowie bestimmte Stoffwechselvorgänge.

Das Mikrobiom - also alle Mikroorganismen, die den Darm besiedeln - werden als Darmflora bezeichnet. „Flora" ist dabei ein wenig irreführend, denn es handelt sich bei den Darmbewohnern nicht um eine Pflanzenwelt, sondern um mikroskopisch kleine Lebewesen. Aus diesem Grund setzen Medizinexperten, Wissenschaftler und Forscher eher auf die Fachbezeichnung Darm-Mikrobiom.

Nicht alle Bakterien und Organismen, die den Darm besiedeln, sind „gut und nützlich". Sind die Mikroorganismen eher schlechter Natur, wird von Krankheitserregern gesprochen. Häufen sich diese eher schlechten Mikroorganismen, gerät die Darmflora aus der Balance und es kommt zu verschiedenen Beschwerden (vgl. Microbiotica GmbH, o. J.).

Im Laufe unseres Lebens kann sich die konkrete Darmflora-Zusammensetzung durchaus auch verändern. Nach der Geburt beginnt die Erstbesiedlung mit den Mikroorganismen und verändert sich ab diesem Zeitpunkt ein ganzes Leben lang: So haben beispielsweise Faktoren wie der persönliche Lebensstil, das eigene Essverhalten oder die Einnahme bestimmter Arzneimittel einen wesentlichen Einfluss auf die Darmflora.

Die Darmbarriere – ein intelligenter Mechanismus

Die Wand des Darms erfüllt zwei sehr wichtige Aufgaben: Zum einen hat sie eine Schutzfunktion, das heißt, sie muss verhindern, dass schädliche Substanzen oder Mikroorganismen durch die Darmwand in den Blutkreislauf gelangen. Gleichzeitig muss sie aber für essenziell wichtige Nähr- und Vitalstoffe aus der täglichen Nahrung ausreichend durchlässig sein. In diesem Zusammenhang sprechen Gesundheits- und Ernährungsexperten auch häufig von der „intelligenten Darmbarriere".

Diese Barriere regelt exakt, was durch die Darmwand hindurch darf und was aufgehalten werden muss. Ist dieser Regulationsmechanismus gestört, ist von einem „durchlässigen Darm" die Rede (Leaky Gut Syndrom).

Zu dieser Darmbarriere gehört die Darmflora, die Darmschleimhaut und ebenso das darmeigene Immunsystem. Ein Großteil der körpereigenen Immunabwehr – nämlich rund 80 % der Immunzellen – sitzen in den Darmwandzellen. Sie bekämpfen Erreger und schädliche Eindringlinge vor Ort, produzieren aber auch Antikörper und bestimmte Botenstoffe.

Das Immunsystem im Darm ist also vor allem für die Bekämpfung unerwünschter Stoffe und Keime zuständig.

DER DARM ALS „ZWEITES GEHIRN"

Der Darm besitzt nicht nur ein Immunsystem, sondern auch ein Nervensystem, welches nach dem Nervensystem des Gehirns sogar das größte ist!

Dieses Darm-Nervensystem wird in der Fachterminologie als „Enterisches Nervensystem – kurz ENS" bezeichnet. Es durchzieht im Grunde den ganzen Magen- und Darm-Trakt und hat sogar rund vier bis sogar fünfmal so viele Neuronen wie das Rückenmark des Körpers! Insofern lässt sich durchaus sagen, dass unser Darm wie ein zweites Hirn ist – nämlich das sogenannte Bauchhirn.

Die Hauptaufgabe dieses Bauch-Gehirns ist vor allem die Steuerung aller Darmbewegungen sowie die ordnungsgemäße Entleerung des Darms. Gerät das Organ nun aus der Balance, kann es zu heftigen Verdauungsbeschwerden kommen.

Diese wichtigen Aufgaben und Funktionen übernimmt das Bauchhirn aber nicht in Eigenregie, sondern in einer engen Kooperation mit dem Gehirn im Kopf! Mediziner sprechen in diesem Zusammenhang von der sogenannten Darm-Hirn-Achse! Diese steuert vor allem den Appetit sowie das Hungerempfinden. Es beeinflusst aber auch die Darmreaktionen auf Stress oder sonstige intensive Emotionen (vgl. Allen et al., 2017).

Sie kennen bestimmt das Gefühl, dass Sie sich um ein Problem besonders sorgen und Ihr Darm infolgedessen zu rebellieren beginnt.

Geraten bestimmte Darmmechanismen aus der Balance, dann wirkt sich dieses Ungleichgewicht auch negativ auf die Psyche aus. Das können auch einige Patienten bestätigen, die unter Darmbeschwerden leiden, denn sie sprechen begleitend ebenfalls von depressiven Verstimmungen, innerer Unruhe oder Ängsten (vgl. Li et al., 2018).

DIVERTIKULITIS

Wie bereits erwähnt, handelt es sich hier um eine gutartige Veränderung des Darmtraktes. Bei der Divertikulitis kommt es zu ballonartigen Aussackungen im Dickdarm. Lediglich die Bildung, also das Vorhandensein dieser Ausstülpungen (Divertikel), verursacht noch keine Beschwerden. In den meisten Fällen fallen solche Divertikel als Zufallsbefund im Rahmen einer Vorsorgeuntersuchung auf. Doch im weiteren Lebensverlauf können aus einer zunächst einmal beschwerdefreien Divertikulose unangenehme Darmbeschwerden resultieren. In vereinzelten Fällen kann es sogar zu einer Divertikulitis, also einer schweren Entzündung dieser Darmausstülpungen kommen.

Ärzte klassifizieren das als ein schwerwiegendes Erkrankungsstadium, das auch mit vielen Schmerzen und sogar Blutungen verbunden ist. Neben der Divertikel-Bildung lassen sich bei den betroffenen Patienten auch oftmals eine gestörte Darmbarriere, ebenso eine veränderte Zusammensetzung der Darmflora sowie eine überempfindliche Darmwand feststellen (vgl. Deutscher Ärzteverlag GmbH et al., 2007).

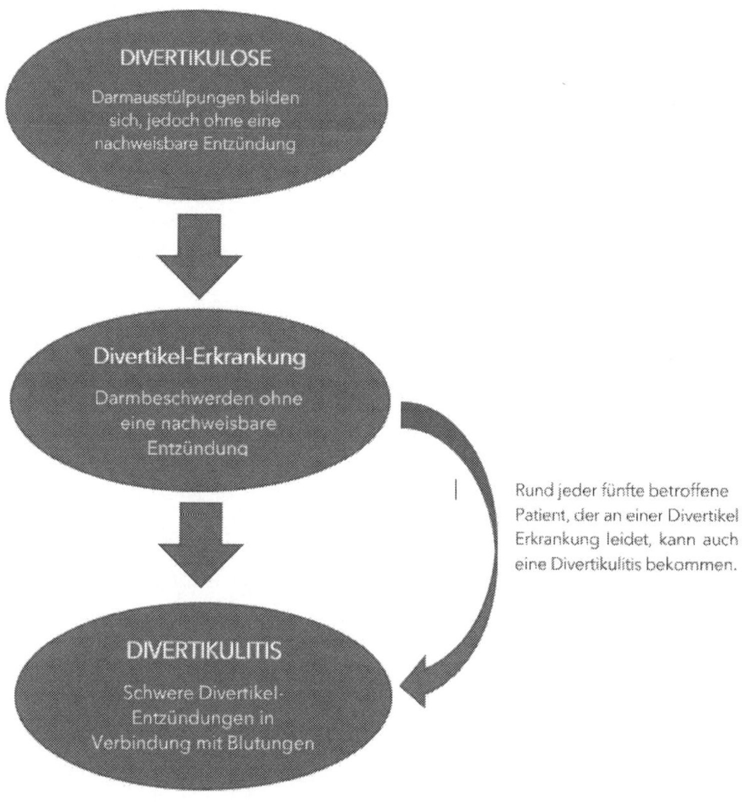

WIE ENTSTEHEN DIE DARMAUSSTÜLPUNGEN EIGENTLICH?

Prof. Dr. med. Hans-Dieter Allescher, Chefarzt für Gastroenterologie, Hepatologie, Stoffwechsel und Nephrologie am Zentrum für Innere Medizin am Klinikum Garmisch-Partenkirchen, beschreibt in seinem Buch *„Divertikel - für immer beschwerdefrei"*, wie es überhaupt zur Entstehung dieser Darmausstülpungen (Divertikel) kommen kann.

Für die meisten physischen Veränderungen gibt es oftmals nicht nur eine Ursache, sondern vielmehr viele verschiedene Risikofaktoren oder Auslöser. Genauso ist es auch bei der Entstehung von Dickdarmausstülpungen (Divertikeln). Folgende Faktoren sind hierbei von besonderer Bedeutung:

- Das Lebensalter

Je älter ein Mensch wird, desto mehr und mehr steigt auch die Wahrscheinlichkeit an, dass sich Divertikel ausbilden.

Ein weiterer Aspekt, den es in diesem Zusammenhang zu beachten gilt, ist, dass die Darmwand mit den fortschreitenden Lebensjahren vermutlich auch immer schwächer wird.

- Ballaststoffarme Kost

Vor allem in den Industrienationen wird heutzutage sehr ballaststoffarm gegessen. Faserreiche Gemüse- und Fruchtsorten verschwinden ebenso vom Speiseplan wie komplexe Kohlenhydrate, also Vollkorn-Getreideprodukte. Hingegen ist die tägliche Ernährungsweise sehr fett-, fleisch- und zuckerreich. Es wird vermehrt zu Weißmehlprodukten gegriffen, wie herkömmliche Weizennudeln oder Weißbrot. Auch Fertigprodukte sind praktisch, gehen schnell und kommen leider viel zu oft auf den Tisch: Doch auch sie stecken voller leicht verdaulicher Komponenten.

Ein solches Essverhalten leistet einen wesentlichen Beitrag zur Entstehung dieser Ausstülpungen im Dickdarm. Essen wir zudem zu wenig Ballaststoffe, führt das zu einem zu harten Stuhl, den der Darm nur sehr mühevoll weiterbefördern und schließlich aus dem Körper herausleiten kann. Vegetarisch oder vegan lebende Menschen leiden übrigens seltener unter Divertikel als Menschen, die Fleisch konsumieren. Sie essen täglich viel mehr Ballaststoffe und bringen zudem auch ein geringeres Körpergewicht auf die Waage.

Das ist ein sehr wichtiger Aspekt, wenn es um die Entstehung von Divertikeln geht.

Enthält die tägliche Nahrung hingegen reichlich Ballaststoffe, führt das zu höheren Stuhlmengen und auch einem insgesamt weicheren Stuhl: Das erleichtert die Tätigkeit des Darms ganz massiv! Die Experten der Deutschen Gesellschaft für Ernährung – kurz DGE – empfehlen für eine gesunde, ausgewogene und vollwertige Ernährung mindestens 30 Gramm Ballaststoffe pro Tag zu essen.

Auch die tägliche Flüssigkeitsversorgung ist von großer Bedeutung, damit die Ballaststoffe im Darm gut quellen können.

- Mangel an Bewegung

Körperliche Bewegung ist nicht nur wichtig für die Gesunderhaltung des Körpers sowie für ein gesundes Gewichtsmanagement, sondern auch für die Darmgesundheit.

Wer sich zu wenig bewegt, begünstigt mit diesem Verhalten die Entstehung von Divertikeln.

Eng mit dem Bewegungsmangel verbunden ist auch das Übergewicht. Ein falsches Essverhalten und zu wenig Bewegung führen zu einem raschen Anstieg des Körpergewichts. Das ist nicht nur eine Belastung für Gelenke, Sehnen und Bänder, sondern auch für den Darm. Die Darmflora gerät aus dem Gleichgewicht und die guten Mikroorganismen werden immer mehr in den Hintergrund zurückgedrängt.

- Schäden des enterischen Nervensystems

Wenn das darmeigene Nervensystem geschädigt ist, dann ist dadurch auch die sogenannte Darmperistaltik beeinträchtigt, also die wellenartigen Darmbewegungen, die zur Fortbewegung des Darminhaltes verantwortlich sind. Beeinträchtigungen dieser Darmperistaltik führen letztendlich auch zu einem Erschlaffen oder Verkrampfen des Darms und beides begünstigt die Entstehung für Divertikel.

- Genetische Prädispositionen

Es gibt auch eine erbliche Prädisposition für Divertikel, das konnten diverse Zwillings- und Familienuntersuchungen aufzeigen.

So kommen Ausstülpungen im Dickdarm bei eineiigen Zwillingen häufiger vor als bei Geschwistern mit unterschiedlichen Erbanlagen.

- **Verstopfung und Trägheit des Darms**

Diese beiden Ursachen gehören zu den Hauptauslösern von Dickdarm-Divertikeln. Der Stuhl ist fest und hart und muss mit viel Mühe herausgepresst werden. Dadurch steigt der Innendruck im Darm und überschreitet gesunde Werte.

Doch auch eine Darmträgheit oder vorkommende Verstopfung sind die Folgen einer falschen, ballaststoffarmen Ernährungsweise, einer zu geringen Flüssigkeitsversorgung sowie einem ausgeprägten Bewegungsmangel.

Die Risikofaktoren für die Entstehung von Divertikeln im Gesamtüberblick:

- Übergewicht
- Mangel an Bewegung
- Genetische Prädisposition
- Ballaststoffarme Ernährungsweise
- Verstopfung
- Trägheit des Darms
- Fortgeschrittenes Lebensalter
- Unterdrückte Darmentleerung (Stuhlgang)
- Nervenstörungen an der Dickdarmwand
- (vgl. Allescher & Iburg, 2020, S. 11-13.).

DIAGNOSE UND BEHANDLUNGSMÖGLICHKEITEN EINER DIVERTIKULITIS

Divertikel verursachen an sich keine Beschwerden. Diese treten vielmehr erst dann auf, wenn sich die Ausstülpungen entzünden. Nur in sehr seltenen Fällen verursacht eine Divertikulose auch ohne Entzündung Beschwerden wie Verstopfung, Blähungen, Druckgefühl im Unterbauch oder Durchfall.

Um eine Divertikulose medizinisch zu diagnostizieren, wird in den meisten Fällen eine Blutuntersuchung durchgeführt. Im Blutbild lassen sich bereits klare Entzündungsparameter erkennen: Hierzu gehören beispielsweise ein erhöhter CRP-Wert oder eine erhöhte Anzahl der weißen Blutkörperchen.

Auch bildgebende Verfahren wie zum Beispiel eine Röntgen- oder Ultraschalluntersuchung, aber auch eine Computertomografie (CT) können sehr aufschlussreich sein. Durch eine Röntgen-Untersuchung kann der Arzt sehr gut feststellen, ob es bereits zu einem Darmdurchbruch gekommen ist. Die Ultraschalluntersuchung (Sonografie) des Bauches hilft, die Entzündung zu lokalisieren und auch das Entzündungsstadium konkret zu ermitteln.

Es kann sein, dass bildgebende Untersuchungsverfahren nicht zweifelsfrei feststellen können, ob es sich um Divertikel oder um Polypen (Innenausstülpungen des Darms) handelt. In einem solchen Fall wird eine Darmspiegelung, eine sogenannte Koloskopie durchgeführt.

Besteht jedoch der Verdacht auf eine Divertikulitis – zum Beispiel anhand des Blutbildes – sollte die Darmspiegelung nicht erfolgen: In einem solchen Fall wäre das Risiko einer Darmperforation (Darmdurchbruch) viel zu hoch.

Rund vier bis sechs Wochen nach dem Abklingen der Entzündungssymptome sollte die Koloskopie jedoch durchgeführt werden, um weitere Entzündungen oder gefährliche Erkrankungen ausschließen zu können (vgl. Wort & Bild Verlag Konradshöhe GmbH & Co. KG, 2018).

Nicht entzündete Darmausstülpungen müssen nicht medizinisch behandelt werden, doch sind sie erst einmal entstanden, gehen sie auch nicht mehr zurück. Das richtige Essverhalten ist hier jedoch die effizienteste Präventionsmaßnahme gegen eine Entzündung der Divertikel.

WARUM IST DIE ÄRZTLICHE DIAGNOSE VON SO GROSSER BEDEUTUNG?

Eine Divertikel-Erkrankung verursacht oftmals Beschwerden, die anderen Erkrankungen ähneln. Aus diesem Grund ist eine korrekte medizinische Diagnose unverzichtbar. Ein Fachmediziner muss Untersuchungen durchführen, um andere Krankheiten auszuschließen, die einer anderen adäquaten Behandlung bedürfen würden.

So können beispielsweise hinter heftigen Bauchkrämpfen auch andere Ursachen stecken wie etwa eine Darm-Infektion, eine Durchblutungsstörung des Darms, eine Blinddarmentzündung (Appendizitis) oder sogar ein Darmkarzinom (Darmkrebs). Auch eine Erkrankung der Nieren wie zum Beispiel eine Nierenentzündung oder Nierensteine können solche Schmerzen und Beschwerden hervorrufen.

Bei Frauen kommt auch eine Eierstock- oder Eileiterentzündung in Betracht, ebenso wie eine Endometriose (gutartige, aber meistens sehr schmerzhafte Wucherungen in der Gebärmutterschleimhaut). Auch eine sogenannte Bauchhöhlenschwangerschaft kann solche akuten Schmerzbeschwerden auslösen.

Diese Vielfalt der möglichen Erkrankungen zeigt eindeutig auf, wie wichtig es ist, mit starken Bauchschmerzen sofort einen Arzt aufzusuchen und die Symptome diagnostisch abzuklären.

Auch das Reizdarm-Syndrom kann ähnliche Beschwerden wie eine Divertikulitis-Erkrankung auslösen. Beim Reizdarm-Syndrom sind aber in den meisten Fällen keine entsprechenden Entzündungsparameter im Blutbild nachweisbar. Die betroffenen Patienten leiden oftmals unter sehr langwierigen und belastenden Beschwerden. Reizdarmbeschwerden kommen im Allgemeinen häufiger vor als eine Divertikel-Erkrankung - vor allem auch bei jüngeren Patientinnen und Patienten.

Bei der klaren Diagnose muss der Arzt alle ihm zur Verfügung stehenden Informationen einbeziehen, so die individuelle Krankengeschichte (Anamnese), die Gesamtheit aller medizinischen Untersuchungsbefunde sowie der exakte Krankheitsverlauf.

WIE WIRD EINE DIVERTIKULITIS BEHANDELT?

Eine leichte Divertikulitis, eine sogenannte akute unkomplizierte Divertikulitis, liegt dann vor, wenn nur einzelne Darmausstülpungen entzündet sind. In einem solchen Fall soll zunächst ohne Antibiotika versucht werden, die Erkrankung einzudämmen. Antibiotika sind eine große Belastung für den Magen-Darm-Trakt und können die Darmflora gehörig aus der Balance bringen.

Eine zentrale Rolle spielen in dieser Phase eine adäquate Ernährungsumstellung, vor allem eine ballaststoffreiche Kost sowie eine ausreichende tägliche Flüssigkeitszufuhr.

Bei einer schweren Divertikulitis, der sogenannten akuten komplizierten Divertikulitis, ist die Verordnung bestimmter Arzneimittelpräparate - meistens Antibiotika - erforderlich. Das ist vor allem dann der Fall, wenn die Divertikulitis durch Symptome wie Fieber begleitet wird. Bei schwereren Krankheitsverläufen kann auch eine stationäre Klinikbehandlung erforderlich sein.

Ist es zu weiteren Komplikationen gekommen wie zum Beispiel einem Darmdurchbruch, muss sogar ein operativer Eingriff erfolgen.

Eine Operation kann aber nicht nur in akuten Notfallsituationen sinnvoll sein, sondern auch in Fällen, in denen sich Divertikel immer wieder entzünden und Beschwerden hervorrufen. Auch wenn andere Behandlungsmaßnahmen überhaupt nicht anschlagen, kann über einen solchen Eingriff nachgedacht werden. Bei einer geplanten Divertikulitis-Operation wird die betroffene Darmstelle vorsichtig entfernt und die Darmenden wieder vernäht. Mediziner sprechen in diesem Zusammenhang von einer sogenannte „Sigma-Resektion" (vgl. Microbiotica GmbH, o. J.).

Während einer Divertikulitis-Krankheit und vor allem auch begleitend zu einer Antibiotika-Behandlung kann es sehr sinnvoll sein, einige Tage vollständig auf feste Nahrung zu verzichten.

Auch nach einem operativen Eingriff muss der Darm geschont werden. In diesen Fällen ist Flüssignahrung und eine Schonkost ratsam.

Nach der sogenannten Karenzphase, also der Phase des Nahrungsverzichts, wenn die Entzündung abgeklungen ist, kann mit einem sogenannten Kost-Aufbau begonnen werden, meistens mit Zwieback, Tee, Baby-Brei sowie milden Suppen. Blähende, fettreiche und scharfe Nahrungsmittel sind tabu! Im Vordergrund sollte vor allem eine ballaststoffreiche und quellstoffreiche Kost stehen. Ebenso wichtig ist es, viel zu trinken!

DER RICHTIGE LIFESTYLE ALS WERTVOLLSTE PRÄVENTIONSMASSNAHME

Wenn Sie sich nun die Hauptrisikofaktoren für die Entstehung der Dickdarmausstülpungen angesehen haben, ist Ihnen mit Sicherheit aufgefallen, dass sie auf zwei davon mit Sicherheit keinen Einfluss haben: Zum einen ist es das Lebensalter und zum anderen die genetische Prädisposition.

Was Sie aber definitiv positiv beeinflussen können, sind die anderen Risikofaktoren wie das individuelle Essverhalten, das Körpergewicht und das tägliche Maß an Bewegung! Setzen Sie auf Prävention, denn bekanntlich ist Vorsorge besser als Nachsorge!

Eine gute und gesunde Lebensführung ist ein zentraler Baustein, um eine Divertikel-Entzündung zu verhindern. Und das Beste daran ist: Was als Präventionsmaßnahme gegen eine Divertikulitis hilft, unterstützt auch Ihre Gefäß- und Herzgesundheit, einen gesunden Stoffwechsel und viele weitere zentrale Organfunktionen. Diese Maßnahmen tragen also zu einer Verbesserung des allgemeinen Gesundheitszustandes bei.

Zum Glück entsprechen die Maßnahmen zur Vorbeugung der Divertikel-Bildung und -erkrankung weitgehend den heutigen Vorstellungen von einer gesunden Lebensführung. Sie können daher von einem ganz erfreulichen Effekt profitieren:

BALLASTSTOFFREICH ESSEN FÜR EINEN GESUNDEN DARM

Ballaststoffe sind grundlegend wichtig für einen gesunden Darm.

Ein hoher Innendruck im Darm kann die Entstehung von Divertikeln begünstigen. Dieser Innendruck entsteht vor allem durch eine sehr ballaststoffarme Kost, die zu einem harten und festen Stuhl führt.

Ballaststoffe sind im Grunde unverdauliche Pflanzenfasern, also Faserstoffe, die wir über die tägliche Ernährung zu uns nehmen. Sie wandern gemeinsam mit den anderen Nahrungsbestandteilen unverändert in den Dünndarm und sind die Nahrungsgrundlage für die nützlichen Bakterien im Dickdarm.

Unterschieden wird vor allem zwischen zwei Gruppen von Ballaststoffen:

a. Lösliche Ballaststoffe

Diese stecken vor allem in Gemüse und Früchten.

Lösliche Ballaststoffe sind vor allem ein Quellstoff, denn sie binden großen Wassermengen. Im Dickdarm bauen die dort lebenden Mikroorganismen die löslichen Ballaststoffe zu kurzkettigen Fettsäuren sowie zu Gasen ab: Das sorgt dafür, dass der Stuhl geschmeidiger und weicher wird. Gleichzeitig nimmt die Stuhlmenge zu! Das ermöglicht eine rasche und vor allem regelmäßige Entleerung des Darms ohne Pressen.

Diese Form der Ballaststoffe sind eine wichtige Nahrungsquelle für die wertvollen und guten Darmbewohner. Wenn Sie viele solche Ballaststoffe aufnehmen, können sich die guten Darmbakterien dadurch vermehren.

b. Unlösliche Ballaststoffe

Diese finden sich vor allem in Hülsenfrüchten und Getreideprodukten.

Unlösliche Ballaststoffe sind – wie der Name bereits zum Ausdruck bringt – unverdauliche Fasern. Sie „verdünnen" sozusagen den Gesamtenergiegehalt der aufgenommenen Nahrung und sorgen somit für ein besseres Sättigungsempfinden. Zudem tragen unlösliche Ballaststoffe dazu bei, dass das Essen besser gekaut wird. Gleichzeitig sorgen sie dafür, dass der Blutzucker nur langsam ansteigt und nicht rapide in die Höhe schießt. Auf diese Weise werden Heißhungerattacken vermieden und die beste Basis für eine schön-schlanke Silhouette gelegt.

Unlösliche Ballaststoffe regen die Darmtätigkeit an und lindern Beschwerden wie zum Beispiel Verstopfung. Lösliche Ballaststoffe sind hingegen für einen gesunden Stoffwechsel von entscheidender Bedeutung: So helfen diese Ballaststoffe zum Beispiel dabei, zu hohe Blutfettwerte zu senken und überschüssiges Cholesterin aus dem Körper zu befördern.

Zudem sollen Ballaststoffe eine wertvolle Prävention gegen Prostata- und Dickdarmkrebs sein, aber ebenso gegen Diabetes Typ 2.

Ihre Ballaststoff-Einkaufsliste:

- Getreide

Dinkel, Hafer, Gerste (entpelzt), Roggen, Grünkern

- Brot & Gebäck

Roggenvollkornbrot, Mehrkornbrot, Roggenknäckebrot, Weizenvollkornbrot

- **Getreideprodukte**

Müsli, Vollkornnudeln, Weizenspeisekleie, Haferflocken

- **Gemüse**

Fenchel, Weißkohl, Rosenkohl, Knollensellerie, Brokkoli

- **Hülsenfrüchte**

Erbsen, weiße und rote Bohnen, Kidneybohnen

- **Früchte**

Heidelbeeren, Himbeeren, Brombeeren, Johannisbeeren, Kiwi

- **Trockenfrüchte**

Pflaumen, Feigen, Sultaninen, Aprikosen

- **Nüsse & Samen**

Mandeln, Erdnüsse, Paranüsse, Haselnüsse, Kokosnuss

Ballaststoffe aus wertvollen Pflanzenquellen:

- Zellulose Früchte, Gemüse und Getreide
- Pektin Früchte und Gemüse wie zum Beispiel Äpfel oder Quitten
- HemizelluloseHülsenfrüchte, Vollkornprodukte, Gerste
- Lignin Getreide und Gemüse wie zum Beispiel grünen Bohnen
- Alginate Algen (Agar-Agar)
- Inulin Chicorée, Schwarzwurzeln, Topinambur

Damit Ballaststoffe ordentlich quellen können, ist eine ausreichende Flüssigkeitsversorgung unverzichtbar wichtig! Mindestens zwei Liter müssen es pro Tag sein. Das ist die wichtigste Maßnahme gegen Verstopfung!

Es ist sinnvoll, vor allem zu Beginn der Ernährungsumstellung, ein sogenanntes „Trink-Tagebuch", also ein Trinkprotokoll zu führen: Schreiben Sie jeden Tag auf, was und vor allem auch wie viel Sie trinken! Verteilen Sie die Trinkmenge am besten über den gesamten Tag, damit der Organismus durchgängig gut versorgt ist. Im Rahmen einer ballaststoffreichen Ernährung sowie an heißen Sommertagen sollten Sie Ihre Flüssigkeitszufuhr noch ein wenig nach oben schrauben!

Folgende Mengenangaben gelten als grober Richtwert:

- 1 Wasserglas 200 Milliliter
- 1 Tasse (klein) 150 Milliliter
- 1 Tasse (groß) 250 Milliliter

Sie sollten vor allem auch dann trinken, wenn Sie keinen Durst verspüren. Ernährungsexperten empfehlen so beispielsweise, zu jeder Mahlzeit ein großes Glas Wasser zu trinken.

Denken Sie daran, dass Wasser und ungesüßte Teesorten der beste Durstlöscher sind. Zuckerreiche Limonaden, Cola oder Säfte sind hingegen tabu. Sie können zu stark verdünnten Fruchtsäften greifen oder es auch gerne mal mit „Infused Water" probieren: Verfeinern Sie Ihr Wasser mit verschiedenen Kräuter- und Fruchtaromen. Sie können zum Beispiel frischen Ingwer, Pfefferminze, Melisse, Zitrone, Grapefruit oder Limette in Ihre Wasserflasche geben.

Auch „Buttermilch mit Spritz" ist ein grandioser Durstlöscher: Vermischen Sie hierfür in einem Glas zwei Drittel Buttermilch mit einem Drittel kohlensäurehaltigen Mineralwasser.

Ein Tipp: Setzen Sie sich alle paar Stunden im Smartphone eine kleine Erinnerung, die Sie das Trinken nicht vergessen lässt. Mittlerweile gibt es auch viele großartige und kostenlose Apps, in denen Sie Ihr Trinkverhalten bequem festhalten können.

Auch flüssige Nahrungsmittel wie zum Beispiel Suppen oder Nahrungsmittel mit einem hohen Flüssigkeitsanteil wie etwa Gurken oder Wassermelonen tragen zu Ihrer täglichen Flüssigkeitsbilanz bei.

Smoothies sind eher als Snack oder sogar als Hauptmahlzeit zu bewerten, je nachdem welche Inhaltsstoffe enthalten sind.

RICHTIG KAUEN LERNEN

Die meisten Menschen kauen das Essen gar nicht mehr richtig. Häufig resultiert das aus dem Stress und der Hektik des Alltags. Wir essen schnell im Vorübergehen und schlucken große, nur grob gekaute Bissen herunter. Für das Verdauungssystem ist das aber eine zusätzliche große Aufgabe, die wir ihm aber ersparen könnten.

Ein ordentliches Kauen entlastet somit nicht nur den Magen-Darm-Trakt, sondern sorgt auch für eine bessere Sättigung. Die Verdauung beginnt bereits im Mundraum und bereits da können wir viel dazu beitragen, um den Darm bei seiner Arbeit zu unterstützen. Erhält der nämlich eine gut zerkleinerte Nahrung, muss er nicht über sein Maß hinaus arbeiten.

Wer gut kaut, genießt dadurch auch viel mehr die Mahlzeiten und isst bewusster. Konzentrieren Sie sich gezielt auf das Kauen und Sie werden merken, wie Sie auch schneller satt werden. Das ist also nicht nur eine Entlastung für die Verdauung, sondern auch ein wesentlicher Beitrag zu einem gesunden Körpergewichtsmanagement.

Bei Divertikeln ist ordentliches Kauen äußerst wichtig, vor allem bei faserreichen Nahrungsmitteln oder solchen, die eher etwas körnig sind. Auf diese Weise verhindern Sie bereits bei der Nahrungsaufnahme, dass sich Nahrungsbestandteile in den Divertikeln festsetzen und dort Entzündungen hervorrufen können!

Die Grundregel lautet hier: Kauen Sie so lange, bis im Mundraum nur noch ein Nahrungsbrei vorhanden ist!

Testen Sie das gleich einmal aus: Kauen Sie morgens ein halbes, härteres Brötchen – langsam Bissen für Bissen. Kauen Sie bewusst, schließen Sie gerne auch kurz Ihre Augen und konzentrieren Sie sich nur auf die Nahrungszerkleinerung. Auf diese Weise trainieren Sie gleichzeitig die Kaumuskulatur und den Kiefer mit. Trinken Sie nach jedem Bissen reichlich Wasser, denn das erleichtert nicht nur den Kauprozess, sondern sorgt auch für eine optimale Flüssigkeitsbilanz.

Wenn Sie das Kauen bewusst einüben, wird es zu einem immer selbstverständlicheren Prozess, an den Sie dann gar nicht mehr bewusst denken müssen.

Neben dem richtigen Kauen kann es oft auch sinnvoll sein, Nahrung vor dem Essen zu zerkleinern. Bestimmte Frucht- und Gemüsesorten sind sehr faserreich: Um hier eine Ablagerung in den Darmausstülpungen zu verhindern, können Sie diese pürieren. Sie können auch die Schale dieser Nahrungsmittel zum Beispiel durchpürieren, was für eine optimale Nähr- und Mineralstoffversorgung Ihres Körpers sorgt. Die wertvollen Vitamine und Mineralien stecken nämlich direkt unter der Schale!

Investieren Sie also in einen hochqualitativen Stabmixer oder besser noch einen leistungsstarken Multi-Zerkleinerer: Dieser wird Ihnen die Nahrungszubereitung und Zerkleinerung maßgeblich erleichtern!

Wichtig:

Bitte achten Sie darauf, Nüsse ganz fein zu hacken oder zu zerkleinern. Gegebenenfalls können Sie auch zur gemahlenen Variante greifen. Das ist von großer Bedeutung, damit sich Komponenten nicht in den Divertikeln absetzen können!

MEHR AKTIVITÄT UND BEWEGUNG FÜR DIE DARMGESUNDHEIT

In der heutigen modernen Zeit bewegen wir uns leider viel zu wenig. Wir leben dagegen sehr statisch und sitzen tagsüber im Büro und im Auto und abends auf dem Sofa.

Ein solcher ausgeprägter Bewegungsmangel schadet aber auch der Darmgesundheit.

Folgende Tipps möchten Sie dabei unterstützen, mehr Bewegung in Ihr Leben zu bringen:

- Beginnen Sie damit, sich konkrete Ziele zu setzen

Es ist wichtig, dass es nicht nur beim guten Vorsatz bleibt. Beginnen Sie damit, sich feste Tage zu suchen, an denen Sie Sport treiben oder sich mehr bewegen möchten, zum Beispiel in Form eines 30 Minuten langen Spaziergangs. Setzen Sie sich zum Beispiel in Ihrem Smartphone gezielte Erinnerungen, wann und um wie viel Uhr Sie trainieren möchten. Formulieren Sie sich Ziele wie zum Beispiel „Ich mache jeden Abend nach der Arbeit eine halbe Stunde lang Gymnastik oder Sport". Diese Ziele und Formulierungen müssen Ihnen so wichtig werden wie eine Verabredung oder das tägliche Zähneputzen. Wichtig ist hierbei aber auch die richtige Einstellung. Achten Sie darauf, dass Sie positiv an den Sport herangehen und mit Freude dabei sind.

- Ausdauertraining ist eine sehr gute Wahl!

Es gibt im Grunde keine allgemeingültige Empfehlung, welche Art der Aktivität die beste Prävention gegen die Entstehung von Divertikeln ist. Berücksichtigen Sie in diesem Zusammenhang auch unbedingt Ihre persönlichen Vorlieben! Grundsätzlich sind Ausdauersportarten aber sehr gut, denn sie fordern zum einen den ganzen Körper und sorgen zum anderen für einen effektiven Kalorienverbrauch, was sehr wichtig für ein gesundes Körpergewicht ist. Zudem stärkt Ausdauersport das Herz-Kreislauf-System.

So haben Sie die Möglichkeit, joggen, Radfahren, Langlaufen, Wandern oder Walken zu gehen. Natürlich können Sie auch gerne Pilates- oder Yoga-Workouts machen.

Tipp:

Versuchen Sie jedoch, Trainingsübungen zu meiden, bei denen Sie einen hohen Druck im Bauchraum aufbauen. Das kann bei vielen Übungen im Krafttraining der Fall sein. Halten Sie die Luft nicht an, pressen Sie nicht und achten Sie generell auf eine weiche und fließende Atmung.

- Mit Freude in Bewegung bleiben

Es ist wichtig, dass Sie eine positive Einstellung zu Bewegung bekommen. Freude und Spaß sollten unbedingt dabei sein, damit Sie konsequent in Bewegung bleiben können. Wenn Sie noch keine genauen Vorstellungen von einer passenden Sportart haben, ist es wichtig, dass Sie hier ausprobieren und neues entdecken. Nur wenn Sie etwas gefunden haben, was Ihnen auch Freude bereitet, werden Sie zufrieden sein und den Sport gerne in Ihren Alltag integrieren. Hören Sie aber immer auch auf Ihren Körper und betreiben Sie den Sport, der zu Ihnen passt.

- Die optimale Zeitplanung

„Sitzen ist das neue Rauchen" – unser Körper ist von Natur aus darauf programmiert, sich zu bewegen und gerade deshalb sind Menschen nicht darauf ausgelegt, zu lange zu sitzen. Wer pro Tag mehr als acht Stunden sitzt, steigert das Sterberisiko in hohem Maße!

Experten sagen mittlerweile sogar, dass acht Stunden sitzen durch fünf Stunden Bewegung ausgeglichen werden können. Hierbei geht es nicht um intensive Sportarten, sondern um eine körperliche Bewegung, die auch durch Spaziergänge, Schwimmen oder Radfahren erreicht werden kann. Hier kommt es auch ganz wesentlich darauf an, welche Vorlieben Sie im sportlichen Bereich haben. Sie müssen Ihr Sportprogramm nicht zwangsläufig unter der Woche absolvieren, sondern können dies auch am Wochenende tun. Es ist wichtig, dass Sie realistisch prüfen, wann Sie den Sport am besten in Ihren Alltag integrieren können und diesen auch konkret durchführen.

- Suchen Sie sich Verbündete

Für die Motivation und das Durchhaltevermögen ist es besonders wichtig, sich Verbündete zu suchen. Dies können Familienmitglieder, Freunde oder auch

Arbeitskollegen sein. Beziehen Sie diese in Ihre Aktivitätspläne ein, damit diese Sie immer wieder unterstützen und motivieren können. Es fällt oftmals leichter durchzuhalten, wenn Sie wissen, dass Sie Unterstützung haben.

Gerade Menschen, die Sie kennen, können genau einschätzen, wann Sie eine Extraportion Motivation benötigen und wie Sie Ihnen diese vermitteln können. Ein weiterer positiver Effekt ist hierbei, dass Sie eine gewisse Verpflichtung spüren, Ihre Vorhaben in die Tat umzusetzen. Ebenfalls können Sie sich Mitstreiter suchen, die gemeinsam mit Ihnen in Bewegung bleiben. Durch die gemeinsame Aktivität gehen Sie eine Verpflichtung ein. Die gemeinsame Sporteinheit ist wie eine Verabredung, die Sie einhalten wollen. Das kann Ihnen gerade am Anfang dabei helfen, den Sport in Ihren Alltag zu integrieren und diesen zu einer Routine werden zu lassen.

Vor allem dann, wenn Sie ein zu hohes Gewicht senken möchten, ist die Kombination aus gesunder Ernährung sowie ausreichend Bewegung ein absolut unschlagbares Duo! Der Organismus gewöhnt sich rasch an die verminderte Kalorienzufuhr, sodass es gar nicht mehr so einfach ist, die unliebsamen Kilos weiterhin zum Purzeln zu bringen. In diesem Fall kann nur eine Maßnahme wirklich effektiv Abhilfe schaffen: Ausreichend Bewegung und Aktivität!

Bringen Sie auch generell mehr Bewegung in Ihren Alltag. Erledigen Sie kleine Besorgungen auch mal zu Fuß oder mit dem Fahrrad, nehmen Sie öfter die Treppe anstatt den Aufzug oder steigen Sie eine Haltestation eher aus dem Bus. Es sind die oftmals die kleinen Dinge im Leben, die große Resultate hervorbringen können, ganz nach dem Motto: „Mini Aufwand, maxi Wirkung!"

Bevor Sie mit dem Sport beginnen, sollten Sie jedoch mit Ihrem behandelnden Arzt Rücksprache halten. Wenn Sie grünes Licht von ihm erhalten, sollten Sie versuchen, mindestens drei, besser noch vier Sporteinheiten in Ihren Wochenplan zu integrieren. Beginnen Sie moderat und steigern Sie sich langsam nach und nach: Hören Sie unbedingt auf Ihren Körper und ignorieren Sie seine Signale nicht. Das Motto lautet hier: Gesund fordern, aber nicht überfordern!

Tun Sie alles in dem Maß, in dem Sie sich noch rundum wohlfühlen können.

Grundsätzlich ist Bewegung an der frischen Luft immer sinnvoller als Sportaktivitäten in geschlossenen Räumen. So bewegen Sie Ihren Körper nämlich nicht nur ordentlich durch, sondern sorgen auch für eine optimale Sauerstoffversorgung.

RICHTIG ESSEN BEI DIVERTIKELN – LEBENSMITTEL FÜR DEN BESCHWERDEFREIEN ALLTAG

Eine adäquate, ballaststoffreiche Ernährungsweise ist von zentraler Bedeutung, um Divertikulitis-Beschwerden in den Griff zu bekommen. Es ist unverzichtbar wichtig, durch ein richtiges Essverhalten dafür zu sorgen, dass es überhaupt nicht erst zur Entzündung der Darmausstülpungen kommt beziehungsweise es keine neuen Entzündungsschübe mehr gibt.

Sie finden anbei konkrete Ernährungsempfehlungen und Tipps, die Ihnen einen beschwerdefreien Alltag ermöglichen sollen.

ACHTUNG:

*Nahrungsmittel, die mit einem * gekennzeichnet sind, müssen Sie bitte individuell austesten. Prüfen Sie vorsichtig und in geringen Mengen, ob Sie diese gut vertragen. Jeder Mensch ist einzigartig und so ist kein Organismus wie der andere! Bitte haben Sie Verständnis, dass es nicht möglich ist, hier allgemeingültige Aussagen zu treffen. Testen Sie also vorsichtig die individuelle Verträglichkeit!*

ERLAUBTE NAHRUNGSMITTEL	NICHT GEEIGNETE NAHRUNGSMITTEL
Hülsenfrüchte, Pilze, Gemüse & daraus hergestellte Produkte	
Frisches oder gefrorenes Gemüse wie zum Beispiel grüne Blattsalate, Karotten, Paprika*, Spargel, diverse Kohlsorten*, Hülsenfrüchte* oder Pilze*	Gemüse in Konserven, Gemüsesorten mit holzigen Stellen wie zum Beispiel Kohlrabi oder grüne Bohnen.

Früchte	
Frische Früchte - OHNE große Kerne (Stein entfernen)	Früchte in Konserven, große Fruchtkerne aus Weintrauben, Äpfeln oder Melonen.

Beerenobst wie zum Beispiel Heidelbeeren, Himbeeren, Erdbeeren oder Brombeeren	Kein faserreiches Obst wie Rhabarber oder Ananas.

Teigwaren, Backwaren / Brot, Kartoffeln & Getreideprodukte	
Brot aus fein gemahlenem Dinkel- oder Roggenmehl	Weißmehlbrot und Weißmehlprodukte
Sauerteigbrote (am besten vom Vortag)	Frisch gebackenes Brot *
Vollkornnudeln & Vollkornreis (Naturreis)	Weizenbrot *
Haferkleie und Haferflocken	Weißer Reis
Leinsamenschrot	Backwaren mit groben Körnern und Samen
Frische Kartoffeln	Pommes & Kartoffelchips

Eier, Milch & Milchprodukte	
Milchprodukte in Natur- oder leicht reduzierter Fettstufe	Joghurt- und Quarkspeisen mit Zuckerzusatz, mit Aroma oder sonstigen ungesunden Konservierungsmitteln.
Sauermilchprodukte wie etwa Naturjoghurt	Sehr fettreiche Käsesorten*
Kefir	Hartgekochte Eier*
Buttermilch	
Saure Sahne	
Weichgekochte Eier und Eierspeisen	

Fleisch, Geflügel, Wurst & Fisch, Meeresfrüchte	
Essen Sie generell sehr sparsam Fleisch! Wählen Sie nur magere sowie möglichst unverarbeitete Fleischwaren.	Meiden Sie fettreiches Fleisch sowie stark verarbeitete und intensiv gewürzte Fleischprodukte.
Wurst & Aufschnitte ohne Zuckerzusätze!	Keine scharfen Fleischwaren
Nur mild gewürzte Fleischprodukte	Keine Wurst oder Aufschnitt mit Zuckerzusätzen

Frischer oder tiefgefrorener Fisch oder Meeresfrüchte (nicht paniert und nur ganz mild gewürzt)	Keine panierten oder scharf gewürzten Fischprodukte essen
Thunfisch, Lachs, Makrele und Hering	Keine Meeresfrüchte in Ausbackteig

Fette, Öle, Samen & Nüsse	
Wertvolle Pflanzenöle - vor allem Rapsöl, Olivenöl, Leinöl oder Nussöle wie zum Beispiel Walnussöl.	Gänseschmalz und gehärtete Margarine
Mandeln (gut gekaut oder gemahlen)	Schweineschmalz & Rindertalg
Walnüsse (sehr klein gehackt, gemahlen oder gut gekaut)	Sonnenblumenöl nur in sehr geringen Mengen!

Sonstiges & Getränke	
Wasser und Kräutertee mit Minze, Kümmel, Anis, Fenchel oder Kamille	Zuckerreiche Limonaden und Säfte mit zugesetztem Zucker
Säfte ohne Zuckerzusätze - stark verdünnt und maximal 1 Glas pro Tag.	Kaffeemischgetränke und Energy Drinks
Kaffee und koffeinhaltige Getränke nur in Maßen, d.h. höchstens zwei bis drei Mal wöchentlich.	Zuckerreiche Nahrungsmittel wie Fertigprodukte oder Instantprodukte (Fertigsoßen oder fertige Salatdressings)
Frische Kräuter: Kümmel, Basilikum, Koriander, Anis, Petersilie,	Scharfe Gewürze wie Curry oder Chilischote

(vgl. Redaktion & Fachgesellschaft für Ernährungstherapie und Prävention, 2016 - fet-ev.eu)

Im Optimalfall sollten Sie 15 % Fette, 25 % Proteine (Eiweiße) und 60 % Kohlenhydrate zu sich nehmen.

Im Rahmen einer Divertikulitis gelten folgende Ernährungsprinzipien:

- Essen Sie ballaststoffreich.

- Essen Sie fettarm und zuckerarm!
- Vermeiden Sie schwer bekömmliche Speisen wie etwa ganze Samen und Nüssen, blähendes Gemüse wie Kohl oder Früchte mit kleinen Kernen wie Weintrauben.
- Essen Sie keine zu fettreichen Speisen.
- Greifen Sie zu naturbelassenen und nicht industriell verarbeiteten Produkten.
- Essen Sie saisonal, regional und wenn möglich in guter Bio-Qualität.
- Bereiten Sie Ihre Mahlzeiten schonend zu. Blanchieren oder dünsten Sie, anstatt zu braten.
- Essen Sie nichts Scharfes oder Frittiertes.

✓ Kauen Sie Ihr Essen sehr gut durch, dann das verhindert, dass sich Speisereste in den Darmdivertikeln festsetzen können.

✓ Zerkleinern Sie problematische Nahrungsmittel mit einem Multi-Zerkleinerer oder einem Pürierstab.

✓ Vermeiden Sie Würzmischungen.

✓ Essen Sie mehrere kleine Mahlzeiten pro Tag als wenige und üppige Mahlzeiten.

✓ Zum Andicken von Suppen oder Soßen können sie ein wenig saure Sahne oder geriebene Kartoffeln verwenden.

✓ Verwenden Sie anstatt Butter lieber Magerquark oder einen leichten Frischkäse (zum Beispiel Ricotta als Aufstrich).

✓ Bereiten Sie für Ihre Salate lieber ein leichtes Joghurt Dressing zu anstatt einem Essig-Öl-Dressing.

✓ Würzen Sie mit frischen Gartenkräutern anstatt mit Pfeffer und Salz!

Um die Gesundheit des Darms und der Darmflora zu fördern, ist es auch sehr wichtig, stopfende Nahrungsmittel zu vermeiden. Auch Prä- und Probiotika spielen in diesem Zusammenhang eine sehr wichtige Rolle.

Probiotika und Präbiotika

Im menschlichen Darm finden sich sehr viele wertvolle Mikroorganismen, die eine sehr wichtige Funktion erfüllen bei der Abwehr von Toxinen oder schädlichen Erregern. Diese Darmbewohner sind wichtige Bakterien, die auch bei der Verdauung von Nährstoffen helfen.

Diese unterschiedlichen Mikroorganismen im Mikrobiom sind von entscheidender Bedeutung für die Darmgesundheit. Um die guten und nützlichen Darmbewohner zu fördern, sollten ausreichen Prä- und Probiotika auf den Speiseplan gesetzt werden.

Doch wo unterscheiden sie sich?

Präbiotika sind nicht verdaubare Nahrungsmittelbestandteile, von denen sich nur unsere Darmbakterien ernähren können. Wenn Sie diese in Ihre Ernährung einschließen, können Sie das Wachstum der guten Darmbakterien fördern. Darüber hinaus sind Ernährungsexperten auch der Meinung, dass Präbiotika das Wachstum von möglicherweise schädlichen Bakterien im Darm hemmen können.

Zu den Präbiotika zählen pflanzliche Quellen löslicher Ballaststoffe wie Zwiebeln, Knoblauch, Spargel, Lauch, Artischocken, Weizen, Sojabohnen, Haferflocken, Chicorée und Bananen.

Probiotika, die manchmal als „gute Bakterien" bezeichnet werden, sind lebende Mikroorganismen, die in Nahrungsmittelprodukten vorkommen. Sie können sich durch unser Verdauungssystem bewegen und den Dickdarm erreichen, wo sie die Darmgesundheit optimieren sollen, indem sie die Menge wichtiger Bakterien, die dort schon vorhanden ist, noch zusätzlich erhöhen. Die Arten von Bakterien, die im Dickdarm vorhanden sind, können unsere Gesundheit sowohl zum Positiven als auch zum Negativen beeinflussen. Deshalb nimmt man an, dass ein eher positiver Einfluss auf unsere Gesundheit entsteht, wenn wir die Anzahl der „guten Bakterien" erhöhen können.

- Probiotika regulieren die Verdauungsprozesse.
- Sie verdrängen krankmachende Erreger.
- Probiotika unterstützen die Immunabwehrkräfte.

- Probiotika stärken die Schutzfunktion der Darmbarriere. Sie hemmen das Wachstum unerwünschter Keime, die durch die Darmwand in den Blutkreislauf gelangen können.

Viele probiotische Bakterienstämme werden heutzutage zu Nahrungsmitteln wie Milchprodukten, Sauerkraut, Kefir und Kimchi hinzugefügt.

Weitere Ernährungstipps:

✓ Essen Sie wenn möglich zu jeder Mahlzeit eine Portion an komplexen Kohlenhydraten, also an Vollkorn-Getreideprodukten, denn diese punkten mit einem hohen Ballaststoffgehalt und vielen wichtigen Vitaminen.

Des Weiteren sättigen diese Getreideprodukte lang anhaltend.

Vollkornbrot und Gebäck enthält zwar auch Kohlenhydrate, doch es handelt sich hierbei um sogenannte langkettige Kohlenhydrate: Sie sorgen für einen ausbalancierten Blutzuckerwert, stellen jedoch eine konstante Energieversorgung des Körpers sicher.

Tipp:

Wenn Sie bislang nicht wirklich viele Vollkornprodukte verzehrt haben, sollten Sie damit nicht zu ruckartig beginnen. Bedenken Sie, dass sich Ihr Darm erst einmal an die hohe Ballaststoffzufuhr gewöhnen muss. Steigern Sie die Menge daher nur langsam und schrittweise. Wenn Sie Ihren Darm damit überfordern, kann er schnell mit Beschwerden wie unangenehmen Krämpfen oder Blähungen reagieren.

✓ Wenn Sie trotz einer ausreichenden Ballaststoffzufuhr über Gemüse- und Fruchtsorten sowie Vollkorn-Getreideprodukte unter Verstopfung leiden, können Sie zu zusätzlichen wertvollen Ballaststoffquellen greifen. Hierzu zählen beispielsweise Flohsamen, Haferkleie oder Leinsamen.

<u>Flohsamenschalen</u> zählen zu den effektivsten Superfoods. Sie schmecken neutral und quellen äußerst gut im Magen sowie im Darm. Flohsamenschalen können Sie sehr vielseitig einsetzen und auf diese Weise Ihre Darmgesundheit unterstützen. Gleichzeitig erleichtern Ihnen Flohsamenschalen die Gewichtsreduktion, falls Sie überschüssige Pfunde loswerden möchten.

Flohsamenschalen stehen auf einer Ebene mit anderen nährstoffreichen Superfoods wie zum Beispiel Chiasamen, Goji-Beeren, Acai-Beeren, Leinsamen und Maca.

Diese Nahrungsmittel sind echte Ballaststoffbomben und dürfen daher ruhig öfter auf den Speiseplan! Indem Flohsamenschalen als natürlicher Helfer den Darm reinigen, haben sie auch eine Detox-Funktion. Der Darm wird aktiver und kann somit den Körper von diversen Toxinen und Schadstoffen befreien.

Wichtig: Das Trinken auf keinen Fall vergessen, denn nur auf diese Weise können Ballaststoffe quellen!

- ✓ Richtiger Fruchtgenuss

Essen Sie pro Tag zwei Obstportionen, denn diese versorgen Ihren Körper mit wertvollen Vitaminen und Mineralstoffen, aber auch mit Ballaststoffen. Üben Sie sich zum Beispiel mit einem Apfel im richtigen Kauen.

Gezuckertes Obst sowie Früchte in Konserven sollten Sie vermeiden!

Auch Smoothies mit einem hohen Fruchtzuckeranteil sollten Sie vermeiden, denn überschüssiger Zuckerkonsum kann zu unangenehmen Blähungen führen.

- ✓ Gemüse

Blähende Gemüsesorten wie Zwiebeln, Knoblauch, Lauch oder Kohlsorten können Ihnen das Leben schwer machen. Probieren Sie hier bitte Ihre individuelle Verträglichkeit aus. Sollten Sie Blähungen davon bekommen oder Stuhlveränderungen feststellen, sollten Sie diese Gemüsesorten wieder von Ihrem Ernährungsplan streichen. Sie können später noch einmal auf Verträglichkeit testen.

Testen Sie immer mit kleinen Mengen: Beginnen Sie mit einem Nahrungsmittel und schauen Sie, wie sich Ihr Körper verhält. Wenn Sie alles gut vertragen, können Sie nach zwei oder drei Tagen vorsichtig ein weiteres Lebensmittel hinzunehmen.

Notieren Sie Ihre Erkenntnisse auch gerne in einem Ernährungstagebuch.

Pro Tag sollten Sie laut Ernährungsexperten der DGE mindestens 3 Gemüseportionen essen.

- ✓ Hülsenfrüchte

Bohnen, Erbsen, Kichererbsen und Sojabohnen sind sehr wertvolle pflanzliche Protein- und auch Ballaststoffquellen. Doch passen Sie auch mit diesen Nahrungsmitteln auf, denn sie wirken blähend! Vor allem bei Divertikeln kann das rasch zu Beschwerden führen!

✓ Soja und Sojaprodukte

Sojamilch, Sojajoghurt oder Tofu sind pflanzliche Proteinquellen. Sojaprodukte sollten aber dennoch nicht uneingeschränkt verzehrt werden.

Achten Sie beim Einkauf unbedingt auf gentechnikfreie Produkte und eine hohe Bio-Qualität. Wählen Sie im Idealfall Produkte aus regionaler Produktion.

✓ Milchprodukte und Milch

Milch und Milchprodukte liefern Ihrem Organismus wertvolles Protein. Das ist vor allem im akuten Krankheitsstadium sehr wichtig, um keine wertvolle Körpermuskelmasse abzubauen.

Des Weiteren nehmen Sie durch Milch- und Milchprodukte reichlich Kalzium auf. Wenn Sie nur wenig oder überhaupt kein Fleisch und keinen Fisch verzehren, dann sind Milchprodukte die beste Proteinquelle. Insbesondere Naturjoghurt enthält auch probiotische Bakterienkulturen für eine leistungsstarke und gesunde Darmflora.

Verzichten Sie aber auf gezuckerte Fruchtjoghurt. Sie enthalten zusätzlich ungesunde Zusätze, Aroma- oder Farbstoffe.

Wenn Sie nicht gerne Milch trinken möchten, können Sie zu pflanzlichen Alternativen greifen wie Hafer-, Mandel- oder Reisdrink. Auch wenn Sie Milch genießen, können Sie durch solche Milchersatzprodukte eine schöne Abwechslung auf den täglichen Ernährungsplan bringen.

Bedenken Sie aber bitte, dass diese Alternativen überhaupt kein oder nur sehr wenig Kalzium enthalten.

✓ Wurst und Fleischwaren

Fleisch ist nicht nur eine wertvolle Proteinquelle mit einer hohen Bioverfügbarkeit, sondern liefert Ihrem Körper auch wertvolles Zink und Eisen! Eine hohe Bioverfügbarkeit meint, dass der Körper Proteine aus tierischen Quellen besonders gut aufnehmen und für sich verwerten kann.

Dennoch stecken in Fleisch- und Wurstwaren auch sehr viele ungesunde Fette, vor allem ungesättigte Fettsäuren. Aus diesem Grund sollte nicht häufiger als zwei- bis höchstens dreimal wöchentlich Fleisch auf dem Ernährungsplan erscheinen. Achten Sie zudem immer auf eine Bio-Qualität und eine artgerechte Tierhaltung. Auf diese Weise können Sie sicherstellen, dass das Produkt, das Sie essen auch hochqualitativ und nicht mit Hormonen, Antibiotika oder sonstigen Medikamentenrückständen belastet ist. Vor allem im Rahmen einer Divertikulitis ist es sehr wichtig, darauf zu achten, welches Futter das Tier bekommen hat, denn Antibiotika belasten Ihren Darm massiv, natürlich auch, wenn Sie diese indirekt über Nahrungsprodukte zuführen.

✓ Fisch

Fisch enthält ebenfalls reichlich Protein und zudem wertvolle Omega-3-Fettsäuren. Vor allem fettreiche Seefisch wie Lachs, Thunfisch, Hering oder Makrele können Sie ruhig häufiger auf den Tisch bringen.

Omega-3-Fettsäuren haben eine entzündungshemmende Wirkung und das ist bei einer Divertikel-Bildung besonders wichtig. Meeresfische führen Ihrem Körper zudem auch wertvolles Jod zu, was zum Beispiel auch für einen ordnungsgemäßen Funktionsablauf der Schilddrüse sehr wichtig ist.

Achten Sie aber auch hier darauf, eine hohe Qualität zu kaufen: Wählen Sie Fische aus Wildfang und nicht aus der Fischzucht und achten Sie auf das „MSC-Produktsiegel".

✓ Öle und Fette

Die richtigen Öle liefern Ihnen ebenfalls wertvolle Omega-3-Fettsäuren, die wie gesagt, eine entzündungshemmende Wirkung haben! Zum Anbraten von Nahrungsmitteln sollten Sie am besten Rapsöl verwenden, denn dieses Fett ist auch bei höheren Temperaturen noch hitzestabil. Für die kalte Küche, also zur Zubereitung von Salaten oder zum Verfeinern diverser Gerichte, sollten Sie am besten zu Olivenöl, Leinöl oder Walnussöl greifen.

Nussöle punkten mit einem sehr hohen Vitamin-E- und Vitamin-B-Gehalt sowie mit wertvollen Antioxidantien.

Leinöl hat einen besonders hohen Anteil an Omega-3-Fettsäuren, nämlich stolze 60 % mehr als fettreiche Meeresfische.

Leinöl - und auch Leinsamen - sind in puncto gesundheitliche Benefits wirklich unschlagbar: Sie enthalten die wertvollen Vitamine A, B, D und E und zudem Kalzium, Phosphor, Eisen, Kupfer, Magnesium, Jod, Natrium und Zink!

Leinöl ist allerdings sehr empfindlich, das heißt, dass beim Erhitzen die wertvollen Inhaltsstoffe verloren gehen. Am besten sollte Leinöl im Kühlschrank aufbewahrt werden und nach dem Öffnen sehr rasch verbraucht werden, denn dieses Öl wird schnell ranzig. Leinöl gibt es aber bereits in 250-Milliliter-Flaschen zu kaufen, sodass die Gefahr des Verderbens geringer ist.

Dieses Öl hat einen leicht nussigen Geschmack und schmeckt wunderbar zu Salaten und Gemüsegerichten.

Aus der frischen und gesunden Küche ist Olivenöl überhaupt nicht mehr wegzudenken. Die Menschen aus den sogenannten Blauen Zonen – zum Beispiel auf Sardinien und Kreta – setzen seit Jahrhunderten auf den Genuss von Olivenöl und erfreuen sich nicht nur bester Gesundheit, sondern haben auch eine außergewöhnlich hohe Lebenserwartung. Olivenöl enthält zwar nicht ganz so viele Omega-3-Fettsäuren, doch dafür viele wertvolle Polyphenole – vor allem Oleuropein.

Des Weiteren wirken Vitamin E sowie die einfach ungesättigten Fettsäuren im Olivenöl gegen die Zellalterung. Am besten sollten Sie kaltgepresstes Olivenöl (natives Olivenöl extra) verwenden, wenn möglich aus Bio-Produktion. Die günstigeren Öle sind nicht selten Misch-Öle, die kaum noch wirksame Inhaltsbestandteile aufweisen.

Maiskeimöl und Sonnenblumenöl sind hingegen nicht wirklich empfehlenswert, vor allem nicht bei einer Divertikulitis. Diese Öle enthalten Omega-6-Fettsäuren, die eine entzündungsfördernde Wirkung haben können. Omega-6-Fettsäuren müssen dem Körper nicht eigens über die täglichen Mahlzeiten zugeführt werden, denn diese nehmen wir im Rahmen einer normalen ausgewogenen Ernährung schon ausreichend auf.

Auch Palmfette sollten Sie vermeiden, denn diese sind nicht nur ökologisch betrachtet nicht gut, sondern enthalten auch reichlich gesättigte Fettsäuren, ebenso wie zum Beispiel auch Kokosöl.

- ✓ Polyphenole

Bei den Polyphenolen handelt es sich um eine Hauptgruppe von Stoffen, mit denen sich Pflanzen, die vor ihren Feinden ja nicht davonlaufen können, schützen. Polyphenole werden ebenfalls als sekundäre Pflanzenstoffe bezeichnet.

Besonders interessant sind in der Gruppe der Polyphenole:

- die Farbstoffe:

Sie locken zum Beispiel Insekten zur Bestäubung an.

- saure Geschmacksstoffe sowie herbe und bittere Tannine:

Sie schützen die Pflanzen vor allem vor Fraßfeinden.

Diese wertvollen Substanzen stecken insbesondere in den Randschichten von Früchten, Getreide und Gemüsesorten. Sie bilden sich beim Anbau im Freiland und deshalb sollten vor allem Produkte in einer hohen Bio-Qualität bevorzugt werden.

Einige Polyphenole haben eine antioxidative und entzündungshemmende Wirkung beim Menschen, andere wiederum schützen vor schädlichen freien Radikalen. Wieder andere Pflanzenschutzstoffe verhindern Fettablagerungen in den Gefäßen und stärken die Darmgesundheit.

Die Wirkungsweisen sind also äußerst vielfältig und breit gefächert und daher ist es sehr sinnvoll, bunt und vielseitig zu essen. Je mehr Aromen und Geschmäcker Sie auswählen, desto größer ist das Polyphenol-Wirkspektrum!

Leuchtend gelb und orange Lebensmittel

Die gelblich-weiße Farbe bis hin zur leuchtenden Sonnenfarbe kommt vor allem von den Flavonoiden Quercetin, Luteolin und Apigenin sowie aus den Carotinoiden, die in rot- und orangefarbenen Gemüse- und Fruchtsorten enthalten sind. Erst durch die Zugabe wertvoller Fettsäuren kann der menschliche Organismus Carotinoide aufnehmen: Aus diesem Grund wird beispielsweise Karottensaft immer mit ein paar Tropfen Öl verfeinert.

Zu dieser Gruppe gehören zum Beispiel Chicorée, Pilze, frische Mangos, Möhren, Kürbis oder Melone.

Rotes Gemüse und Obst

Die intensive Rotfärbung von Früchten und Gemüse kommt vom wertvollen Inhaltsstoff Lycopin sowie von Anthocyanen.

Die Lycopin-Wirkung ist im menschlichen Körper sehr eng mit der Fettverdauung verbunden. Aus diesem Grund sollte beispielsweise lycopinhaltiges Gemüse wie etwa Tomaten mit ein paar Tropfen Öl verfeinert werden, damit dadurch die Bioverfügbarkeit - das heißt, die Aufnahme durch den Körper - gesteigert wird.

Dieser wertvolle Inhaltsstoff ist ein großartiger Radikalfänger und bietet somit auch von innen einen ausgezeichneten Schutz.

Hierzu gehören unter anderem Tomaten, Rote Beete, Himbeeren, Pflaumen, Paprika, rote Äpfel oder Johannisbeeren.

Die ganze Grünkraft in Nahrungsmitteln

Der bekannteste grüne Pflanzenfarbstoff ist das Chlorophyll: Durch den Vorgang der Photosynthese sorgt er für mehr Sauerstoff in unserer Luft. Das in vielen Gemüsesorten reichlich enthaltene Chlorophyll regt den Sauerstofftransport in den Blutgefäßen an, fördert die Neubildung von Blutzellen und schützt zudem die Zellmembran vor Schäden.

Besonders wertvoll sind in diesem Zusammenhang Zucchini und Grünkohl: Je dunkler die Grünfärbung, desto besser. Ebenfalls zu den Green-Foods gehören zum Beispiel Mangold, grüne Paprika, Spinat, grüner Spargel, grüne Äpfel, grüne Blattsalate und alle frischen Kräuter.

Blaues und violettes Food

Auch blaue und violette Obst- und Gemüsesorten dürfen nicht fehlen, denn sie liefern reichlich Anthocyane: Sie schützen nicht nur vor Herz-Kreislauf-Erkrankungen, sondern wirken auch sehr effizient gegen eine zu frühe Hautalterung. So haben Anthocyane eine regenerierende, straffende und vor allem auch antioxidative Wirkung. Somit sollen Anthocyane auch Entzündungsprozesse im Darm wirksam mindern können.

Zu dieser Gruppe gehören unter anderem Heidelbeeren, Brombeeren oder auch Auberginen. Auch rote Zwiebeln dürfen Sie gerne essen, wenn Sie diese gut vertragen.

Auch bitter schmeckende Obst- und Gemüsesorten sind zum Beispiel für die Gallenblase äußerst wichtig, denn sie kann sonst keine Gallenflüssigkeit bilden. Gallenflüssigkeit wird aber für eine gute Verdauung dringend benötigt. Eine Ernährungsweise, die zu arm an Bitterstoffen ist, führt nur zu Verdauungsbeschwerden und zudem zu geschwächten Stoffwechselprozessen.

Die Effekte der Bitterstoffe auf die menschliche Verdauung zeigen sich sofort, nachdem die Substanzen die Zunge berührt haben. Die Bitterstoffaufnahme regt den Magen, die Gallenblase, die Leber sowie die Bauchspeicheldrüse an.

Damit tun Sie Ihrem Darm etwas richtig Gutes!

REZEPTE

FRÜHSTÜCK

DARM-BOOST FRÜHSTÜCK APFEL UND PFLAUMEN-NOTE

Zubereitungszeit: 10 Minuten

ZUTATEN FÜR 2 PORTIONEN

- 200 ml Bio-Frischmilch (1,5 %)
- 8 EL Haferflocken
- 2 Bio-Äpfel
- 8 entsteinte, getrocknete Pflaumen
- 2 EL Mandelstifte

ZUBEREITUNG

1. Beginnen Sie zuerst damit, die Körner zu schroten.
2. Die getrockneten Pflaumen klein schneiden und zusammen mit dem Schrot über Nacht quellen lassen. Nehmen Sie hierfür eine Schüssel mit kaltem Wasser und geben beide Zutaten hinein und lassen diese ziehen.
3. Am nächsten Tag können Sie sich den Äpfeln widmen. Waschen Sie diese, entfernen das Kerngehäuse und schneiden sie in Würfel.
4. Die Mandelstifte nun in eine Pfanne geben und ohne Fett kurz andünsten.
5. Geben Sie nun alle Zutaten in eine Dessertschale, gießen die Milch darüber und genießen Ihr darmfreundliches Frühstück.

Tipp: Achten Sie unbedingt darauf, dass Sie die Kerne der Äpfel nicht verzehren.

FRUCHT-QUARK MIT CRUNCH

Zubereitungszeit: 10 Minuten

ZUTATEN FÜR 2 PORTIONEN

- 6 EL Bio-Frischmilch (1,5 %)
- 2 EL Leinöl
- 6 EL Speisequark (Magerstufe)
- 1 TL flüssiger Bio-Waldhonig
- 20 g frische Himbeeren
- 20 g frische Heidelbeeren
- 1 EL Weizenkeimöl
- Handvoll Mandelsplitter
- 1 Spritzer Saft einer Bio-Zitrone

ZUBEREITUNG

1. Zuerst die frischen Beeren waschen.
2. Geben Sie nun nach und nach den Speisequark, das Leinöl, die Frischmilch, das Weizenkeimöl, den Honig und den Zitronensaft in eine Rührschüssel oder Küchenmaschine. Die gewaschenen Früchte hinzugeben und alles zu einem feinen Fruchtquark pürieren.
3. In einer Pfanne die Mandelsplitter kurz ohne Fett anrösten.
4. Den Quark in Dessertschalen geben, mit den Mandelsplittern garnieren und genießen.

HERZHAFTE FRÜHSTÜCKS-VARIATION MIT HÜTTENKÄSE

Zubereitungszeit: 10 Minuten

ZUTATEN FÜR 2 PORTIONEN

- 4 Strauchtomaten
- 4 Scheiben Vollkornbrot
- etwas frisch gemahlener schwarzer Pfeffer
- 100 g magerer körniger Frischkäse

ZUBEREITUNG

1. Für dieses schnelle Frühstück zuerst die Brote mit dem körnigen Frischkäse bestreichen.
2. Die Tomaten waschen, die Stiele entfernen und in Scheiben schneiden.
3. Anschließend auf die Brote legen und mit etwas Pfeffer würzen.

Tipp: Als kleine Variation können Sie noch ein Salatblatt auf das Brot legen oder ein paar Kräuter als Highlight darüber streuen.

HONIG-MANDEL-RIEGEL

Zubereitungszeit: 15 Minuten

ZUTATEN FÜR 1 BACKFORM

- 250 g getrocknete Pflaumen und Aprikosen
- 160 g weiche Butter
- 70 g Rosinen
- 1 EL Leinsamen
- 80 g gemahlene Mandeln
- 6 EL Honig
- 1 EL Flohsamenschalen
- 300 g Haferflocken
- 1 EL Hanfsamen

ZUBEREITUNG

1. Die Butter und den Honig im Wasserbad schmelzen.
2. In der Zwischenzeit das Trockenobst klein schneiden. Geben Sie die geschmolzene Honig-Butter in einen Topf und rühren die Trockenfrüchte unter. Die Hanfsamen, die Flohsamenschalen, die Rosinen, die Leinsamen, die Mandeln und die Haferflocken noch untermischen.
3. Legen Sie eine Backform (20x30 cm) mit Backpapier aus und fetten sie diese ein. Füllen Sie die Honig-Fruchtmasse hinein und backen alles bei 160 Grad für 45 Minuten.
4. Nach der Backzeit alles noch 5 Minuten auskühlen lassen und anschließend in Riegel schneiden. Die fertigen Müsliriegel erst aus der Form lösen, wenn diese vollständig abgekühlt sind.

FRÜHSTÜCKSBREI

Zubereitungszeit: 10 Minuten

ZUTATEN FÜR 2 PORTIONEN

- 250 ml Bio-Frischmilch (alternativ ungesüßter Mandeldrink oder Wasser)
- 1 Prise Salz
- 50 g Dinkelgrieß-Flocken
- 2 Prisen Zimt

ZUBEREITUNG

1. Beginnen Sie damit, die Milch aufzukochen. Rühren Sie den Grieß und das Salz unter und lassen alles für 1 Minuten köcheln.
2. Nehmen Sie den Grieß vom Herd und würzen ihn mit dem Zimtpulver. Anschließend auf Schälchen verteilen und servieren.

Tipp: Sie können Ihren Grießbrei auch noch mit frischen Früchten garnieren. Hierzu eigenen sich besonders Heidelbeeren, Erdbeeren oder auch Brombeeren.

CHIA-BOWL IM GLAS

Zubereitungszeit: 5 Minuten

ZUTATEN FÜR 2 PORTIONEN

- 2 EL Flohsamenschalen
- 2 EL gemahlene Mandeln
- 4 EL Chiasamen
- 50-100 ml ungesüßter Mandeldrink
- 2 EL gehackte Walnüsse
- 2 Feigen

ZUBEREITUNG

1. Waschen Sie zuerst die Feigen und schneiden sie diese klein.
2. Anschließend in ein verschließbares Glas die Flohsamenschalen, die Chiasamen, die Walnüsse und die Mandeln geben. Mit dem Mandeldrink auffüllen und die Feigen darüberlegen. Sie können hier ganz flexibel die Flüssigkeitsmenge variieren, je nachdem wie flüssig Sie Ihre Bowl haben möchten.
3. Lassen Sie über Nacht diese Bowl quellen und genießen Sie diese am nächsten Morgen.

SELBSTGEMACHTES POWER-MÜSLI ZUM TAGESSTART

Zubereitungszeit: 10 Minuten

ZUTATEN FÜR 4 PORTIONEN

- 2 ½ EL Leinsamen
- 1 Handvoll Walnüsse
- 2 EL gemahlene Mandeln
- 130 g Haferflocken
- 2 Bio-Äpfel
- 2 TL flüssiger Bio-Waldhonig
- 2 EL Sesam
- 250 g Naturjoghurt (1,5 %)
- 300 ml Bio-Frischmilch (1,5 %)
- 1 Prise Salz

ZUBEREITUNG

1. Teilen Sie die Walnüsse auf und hacken eine Hälfte davon klein. Waschen Sie nun 1 Apfel, entfernen das Kerngehäuse und reiben ihn grob.
2. Geben Sie nun die Haferflocken mit dem geriebenen Apfel, 2 EL Leinsamen, den gehackten Walnüssen, dem Joghurt, der Milch, den Mandeln, dem Sesam und dem Salz in eine Schüssel. Verrühren Sie alles gründlich miteinander. Das Müsli nun über Nacht im Kühlschrank quellen lassen.
3. Am nächsten Tag die restlichen Walnüsse klein hacken. Waschen Sie den übrigen Apfel, entfernen das Kerngehäuse und schneiden ihn klein.
4. Richten Sie Ihr Müsli nun in Müslischalen an. Geben Sie die restlichen Walnüsse und den Apfel darüber. Die noch übrigen Leinsamen mit dem Honig als Topping auf das Müsli geben und genießen.

Tipp: Sie können alternativ auch bereits gemahlene Walnüsse verwenden, je nachdem, wie stark Sie von einer Divertikulitis betroffen sind.

OBST-BOWL MIT NUSS-NOTE

Zubereitungszeit: 5 Minuten

ZUTATEN FÜR 2 PORTIONEN

- 500 g Naturjoghurt (1,5 %)
- 80 g Erdbeeren
- 1 EL gemahlene Mandeln
- 1 EL Goji-Beeren
- 150 g Heidelbeeren
- ½ EL Saft einer Bio-Zitrone
- 25 g Himbeeren
- ½ EL flüssiger Akazienhonig
- 1 EL Kokosflocken
- 1 EL gemahlene Mandeln

ZUBEREITUNG

1. Zuerst die frischen Erdbeeren waschen und in Scheiben schneiden.
2. Geben Sie den Honig zusammen mit dem Zitronensaft in eine Küchenmaschine. Die Himbeeren waschen und ebenfalls hinzugeben. Pürieren Sie alles zu einer feinen Creme. Streichen Sie diese anschließend durch ein Sieb, damit keinerlei Kerne mehr vorhanden sind.
3. Den Joghurt in eine Schüssel geben und etwas verrühren. Ziehen Sie nun mit einer Gabel das Himbeeren-Püree durch den Joghurt, damit leichte Fruchtstreifen entstehen.
4. Geben Sie nun den Joghurt in Dessertschalen. Die Heidelbeeren waschen und über den Joghurt geben. Die Erdbeerscheiben zusammen mit den gemahlenen Mandeln, den Haselnüssen, den Goji-Beeren und den Kokosflocken über die Bowl geben. Guten Appetit!

BANANEN-PORRIDGE

Zubereitungszeit: 10 Minuten

ZUTATEN FÜR 2 PORTIONEN

- 400 ml Bio-Frischmilch (1,5 %)
- 1 Msp. Salz
- 2 Bananen
- 2 EL Rosinen
- 150 g Haferflocken, zart
- ¼ TL Vanillemark

ZUBEREITUNG

1. Geben Sie zuerst die Milch mit den Haferflocken in einen Topf und erwärmen alles. Schälen Sie eine Banane und schneiden sie diese klein. Zu dem Porridge geben. Salz, Rosinen und Vanillemark ebenfalls hinzugeben und gut verrühren.
2. Lassen Sie nun alles für 10 Minuten bei geringer Hitzezufuhr köcheln.
3. Schälen Sie in der Zwischenzeit die zweite Banane und schneiden sie klein. Geben Sie das fertige Porridge in Dessertschalen und garnieren alles mit den übrigen Bananenscheiben.

Tipp: Sie können anstelle der Bananen auch anderes Obst wie zum Beispiel Heidelbeeren verwenden.

ERFRISCHENDES BALLASTSTOFF-MÜSLI

Zubereitungszeit: 10 Minuten

ZUTATEN FÜR 2 PORTIONEN

- 1 EL Flohsamenschalen
- 70 g Heidelbeeren
- 70 g Erdbeeren
- 60 g Haferflocken
- 200 ml reine Buttermilch
- 1 TL flüssiger Bio-Waldhonig
- 1 EL Zitronensaft

ZUBEREITUNG

1. Zuerst die frischen Heidelbeeren und Erdbeeren waschen.
2. Zerkleinern Sie nun das frische Obst und geben es in eine Schüssel.
3. Vermengen Sie die Buttermilch mit den Flohsamen. Lassen Sie das nun für 20 Minuten stehen.
4. Geben Sie anschließend noch die Haferflocken und den Honig hinzu. Die Zitrone darüber geben und alles über das frische Obst verteilen.
5. Vermischen Sie alles miteinander und genießen Sie Ihr fruchtiges Müsli.

FRISCHES QUARK-BROT

Zubereitungszeit: 20 Minuten

ZUTATEN FÜR 1 BROT

- 2 EL Flohsamenschalen
- 4 frische Bio-Eier
- 3 EL Leinsamen
- 200 g Haferflocken
- 1 TL Salz
- 1 Pck. Backpulver
- 100 g Weizenkleie
- 500 g Speisequark (Magerstufe)

ZUBEREITUNG

1. Für das Brot zuerst den Quark mit den Eiern und dem Salz vermischen. Rühren Sie alles mit einem Handrührgerät kräftig durch.
2. Vermischen Sie in einer Schüssel die Haferflocken mit den Leinsamen, den Flohsamenschalen, der Weizenkleie und dem Backpulver. Verrühren Sie alles gründlich miteinander. Geben Sie die trockenen Zutaten nun zur Quark-Mischung hinzu und verrühren alles mit Knethaken zu einem geschmeidigen Teig.
3. Geben Sie den Brotteig nun in eine eingefettete Kastenform. Backen Sie das Brot bei 180 Grad für 60 Minuten. Anschließend herausnehmen und auskühlen lassen.

KNUSPRIGE ROGGEN-BRÖTCHEN

Zubereitungszeit: 30 Minuten

ZUTATEN FÜR 12 PORTIONEN

- 25 g weiche Butter
- 200 g Roggenmehl (Type 1370)
- 1 Würfel Frischhefe
- 1 TL Salz
- 50 g Roggenschrot (Type 1800)
- 200 ml Wasser

ZUBEREITUNG

1. Zuerst den Roggenschrot mit dem Roggenmehl vermengen. In eine Schüssel geben und dort eine Mulde formen. Die Hefe mit dem lauwarmen Wasser vermengen und verrühren. Anschließend in die Mulde geben und zugedeckt für 20 Minuten gehen lassen.
2. Nach der Gehzeit können Sie die restlichen Zutaten hinzugeben und den Teig gründlich miteinander vermengen. Nochmals zugedeckt für 40 Minuten ziehen lassen.
3. Kneten Sie den Teig nochmals durch und formen nun daraus 12 Brötchen. An der Oberseite ein wenig einschneiden und nochmals für 30 Minuten gehen lassen.
4. Die Brötchen auf ein mit Backpapier ausgelegtes Backblech legen und für 30-40 Minuten bei 200 Grad knusprig backen. Zum Schluss herausnehmen und auskühlen lassen.

BALLASTSTOFFREICHE HAFER-BRÖTCHEN

Zubereitungszeit: 20 Minuten

ZUTATEN FÜR 10 PORTIONEN

- 50 g Sesam
- 100 g Haferflocken, zart
- 2 EL Weizenkleie
- ½ Würfel Frischhefe
- 100 g Dinkelvollkornmehl
- 1 TL Salz
- 300 ml lauwarmes Wasser
- 250 g Roggenvollkornmehl

ZUBEREITUNG

1. Vermischen Sie in einer Schüssel das Dinkelvollkornmehl und das Roggenvollkornmehl miteinander. Die Weizenkleie und die Haferflocken hinzugeben und in der Mitte des Teiges eine Mulde formen.
2. Die Hefe in der Mulde mit 50 ml Wasser zerbröseln. Anschließend zugedeckt für 15 Minuten ruhen lassen.
3. Geben Sie danach das übrige Wasser und Salz hinzu und verkneten den Teig gut miteinander.
4. Lassen Sie den frischen Teig nochmals für 30 Minuten gehen. Geben Sie den Sesam hinzu und verkneten erneut alles miteinander.
5. Formen Sie als nächstes aus dem Brotteig Brötchen und bestreichen diese mit etwas Wasser. Schneiden Sie die Oberfläche kreuzförmig ein und legen die Brötchen auf ein mit Backpapier ausgelegtes Backblech. Nochmals kurz 15 Minuten ruhen lassen.
6. Backen Sie die Brötchen nun bei 220 Grad für 20-25 Minuten goldbraun.

QUINOA-SONNTAGSBROT

Zubereitungszeit: 20 Minuten

ZUTATEN FÜR 1 BROT

- 1 Handvoll frische Kräuter (z. B. Petersilie)
- 2,5 Tassen Dinkelmehl
- 1 TL Salz
- ½ Tasse Rapsöl
- 1 Tasse Quinoa
- 1 ½ TL Backpulver
- 2 TL Flohsamenschalen
- 2 Tassen Bio-Frisch (alternativ ungesüßter Mandeldrink)

ZUBEREITUNG

1. Vermischen Sie in einer Rührschüssel die Flohsamenschalen mit dem Backpulver, dem Quinoa, dem Salz und dem Dinkelmehl. Die Kräuter waschen und hinzugeben.
2. Mischen Sie das Rapsöl und die Milch dazu und verrühren alles gründlich miteinander. Den Brotteig für 10 Minuten zur Seite stellen, bis die Flohsamenschalen aufgequollen sind.
3. Fetten Sie eine Kastenform ein und legen diese mit Backpapier aus.
4. Den Brotteig nochmals kurz durchrühren und anschließend in die Kuchenform geben.
5. Backen Sie den Teig nun für 75 Minuten bei 180 Grad.
6. Führen Sie nach einer Garzeit von 65 Minuten einen Test mit Holzstäbchen durch. Prüfen Sie, ob das Brot schon gar ist. Hierzu das Holzstäbchen in die Mitte des Teiges stecken. Beim Herausziehen sollte sich kein Teig mehr daran befinden. Falls

dies der Fall ist, dann ist Ihr Brot gar. Ansonsten lassen Sie es noch weitere 10 Minuten im Ofen.

7. Das fertige Brot auskühlen lassen, aus der Form nehmen und genießen.

DARMFREUNDLICHE OATS

Zubereitungszeit: 10 Minuten

ZUTATEN FÜR 2 PORTIONEN

- 150 g frische Heidelbeeren
- 40 g Haferflocken
- 1 zerdrückte Bio-Banane
- 1 Prise Salz
- 125 ml Bio-Frischmilch (1,5 %)

ZUBEREITUNG

1. Die Haferflocken mit der Milch, dem Salz und der zerdrückten Banane in ein Einmachglas geben.
2. Lassen Sie nun alles über Nacht im Kühlschrank gut ziehen.
3. Am nächsten Tag die Heidelbeeren waschen.
4. Nehmen Sie die Oats aus dem Kühlschrank, garnieren Sie die frischen Früchte darüber und genießen Sie Ihren Start in den Tag.

FRUCHTIGER AUFLAUF

Zubereitungszeit: 30 Minuten

ZUTATEN FÜR 4 PORTIONEN

- 2 frische Bio-Eier
- 200 g kernige Haferflocken
- 2 TL flüssiger Bio-Waldhonig
- 1 Prise Zimt
- 1 Banane, geschnitten
- 100 g Erdbeeren
- 100 g Heidelbeeren
- 200 ml Bio-Frischmilch (1,5 %)

ZUBEREITUNG

1. Zuerst die Eier zusammen mit der Milch zu verquirlen. Geben Sie nun den Honig und den Zimt hinzu und verrühren alles gründlich.
2. Füllen Sie den Teig in eine Auflaufform. Das frische Obst waschen und zusammen mit den Haferflocken unter den Auflauf heben.
3. Backen Sie den Auflauf für 25 Minuten bei 160 Grad.
4. Zum Schluss herausnehmen, etwas abkühlen lassen und genießen.

HERZHAFTE MÖHREN-MUFFINS

Zubereitungszeit: 20 Minuten

ZUTATEN FÜR 12 STÜCK

- 2 TL Backpulver
- 280 g Möhren
- 50 g Kokosflocken
- 50 g getrocknete Aprikosen
- 50 g Haferflocken
- 300 g Dinkelmehl
- 100 g Rohrzucker
- 1 TL gemahlener Ingwer
- 3 frische Bio-Eier
- 1 TL Zimt
- 90 ml Rapsöl + etwas zum Einfetten
- 1 Prise Salz
- 125 g Naturjoghurt (1,5 %)
- 90 ml Nussöl
- Haferflocken für die Garnitur
- 1 Orange

ZUBEREITUNG

1. Widmen Sie sich zuerst den Möhren. Waschen, schälen und anschließend fein reiben. Schneiden Sie die getrockneten Aprikosen in Stücke.

2. Geben Sie nun das Mehl, 200 g Möhren, die Haferflocken, den Zucker, die Kokosflocken, das Backpulver, Salz, den Ingwer, das Zimtpulver und die Aprikosen in eine Rührschüssel. Vermischen Sie alles miteinander.
3. Waschen Sie die Orange heiß ab und reiben die Schale. Den Saft auspressen und in eine Rührschüssel geben. Den Joghurt mit dem Rapsöl und dem Nussöl hinzugeben. Die Eier untermischen und alles miteinander verrühren. Geben Sie dieses Gemisch nun zu der Mehlmischung hinzu und verarbeiten alles zu einem geschmeidigen Teig.
4. Ölen Sie nun 12 Muffin Förmchen etwas ein und füllen den Teig hinein.
5. Im Ofen die Muffins für 20-25 Minuten bei 180 Grad backen. Die restlichen Möhren und ein paar Haferflocken nach der Backzeit darüber streuen und servieren.

FRÜHSTÜCKS-OMELETT MIT FRÜCHTEN

Zubereitungszeit: 20 Minuten

ZUTATEN FÜR 4 PORTIONEN

- 250 ml Bio-Frischmilch (1,5 %)
- 500 g Beeren-Mix (tiefgefroren)
- 4 frische Bio-Eier
- 1 Prise Salz
- 1 Pck. Vanillezucker
- 150 g Dinkelmehl
- 4 EL Rapsöl
- 2 TL Flohsamenschalen
- 4 EL gemahlene Mandeln

ZUBEREITUNG

1. Die Beeren auftauen lassen. Große Früchte anschließend halbieren und alles mit dem Vanillezucker vermischen.
2. Trennen Sie die Eier und schlagen das Eiweiß mit dem Salz steif.
3. Die Eigelbe verquirlen und mit den Mandeln, der Milch und dem Mehl vermengen. Heben Sie vorsichtig den Eischnee unter den Teig.
4. Erhitzen Sie in einer Pfanne 1 EL Öl und geben ¼ des Teigs hinein. Bei moderater Hitzezufuhr das Omelett für 4 Minuten von jeder Seite ausbacken.
5. Füllen Sie die Beeren in das Omelett und falten es zusammen. Wiederholen Sie dies mit dem restlichen Teig.
6. Aus der Pfanne nehmen und servieren.

FRUITY-RED-BERRY-MILCHREIS

Zubereitungszeit: 15 Minuten

ZUTATEN FÜR 4 PORTIONEN

- 250 g Erdbeeren
- 1 Liter Mandeldrink (ungesüßt)
- 2 EL Sesam
- 2 EL Rohrzucker
- 250 g Risotto-Reis
- 125 g Heidelbeeren

ZUBEREITUNG

1. Kochen Sie als erstes den Mandeldrink auf. Geben Sie den Reis und den Zucker hinzu und lassen den Milchreis 20–30 Minuten bei geringer Hitzezufuhr köcheln. Anschließend von der Kochstelle nehmen.
2. Waschen Sie die Heidelbeeren und mengen diese unter den Milchreis. Alles zugedeckt für 10 Minuten ziehen lassen.
3. In der Zwischenzeit den Sesam in einer Pfanne ohne Fettzugabe rösten. Kurz zur Seite stellen.
4. Die Erdbeeren waschen und halbieren.
5. Richten Sie den Milchreis auf Tellern an. Geben Sie den gerösteten Sesam und die Erdbeeren darüber. Guten Appetit!

BLUEBERRY-PANCAKES

Zubereitungszeit: 15 Minuten

ZUTATEN FÜR 4 PORTIONEN

- 4 EL Rapsöl
- 200 g Heidelbeeren
- Salz
- 4 frische Bio-Eier
- 200 g Dinkelmehl
- 300 ml Bio-Frischmilch (1,5 %)
- 2 TL gemahlene Flohsamen

ZUBEREITUNG

1. Vermischen Sie zuerst das Mehl mit den Flohsamen. Geben Sie die Eier und die Milch hinzu und verrühren alles zu einem glatten Teig. Mit etwas Salz würzen und kurz zur Seite stellen.
2. Die Heidelbeeren waschen und zur Seite stellen.
3. Erhitzen Sie in einer Pfanne das Rapsöl und backen darin portionsweise die Pancakes aus. Die Beeren darüber verteilen und gar werden lassen.
4. Zum Schluss auf Teller geben und servieren.

VITAMIN- UND BALLASTSTOFFREICHE APRIKOSEN-CREME

Zubereitungszeit: 25 Minuten

ZUTATEN FÜR 2 PORTIONEN

- 1 kg reife Aprikosen
- 120 g gemahlene Mandeln
- 5 EL Wasser
- 300 g griechischer Joghurt
- 2 EL Waldhonig

ZUBEREITUNG

1. Waschen und entsteinen Sie die Aprikosen und würfeln Sie diese grob.
2. Geben Sie die Früchte dann zusammen mit dem Wasser in einen Topf und kochen Sie diese eine Viertelstunde lang schön weich.
3. Die Aprikosen mit dem Stabmixer schön fein pürieren und auskühlen lassen.
4. Rösten Sie nun die gemahlenen Mandeln komplett ohne Fettzugabe ein wenig in einer Pfanne. Dann beiseitestellen und ebenfalls auskühlen lassen.
5. Rühren Sie nun in einer Schale den griechischen Joghurt schön glatt.
6. Geben Sie die Hälfte der Mandeln unter die erkaltete Aprikosen-Masse.
7. Füllen Sie nun die Aprikosenmasse in Dessertschälchen oder breite Gläser. Schichten Sie dann den Joghurt oben auf und träufeln Sie zum Schluss den Waldhonig darüber.
8. Nun noch mit den restlichen Mandeln garnieren.

Tipp: Aprikosen sind sehr ballaststoff- und vitaminreich. Mandeln liefern zudem sehr hochwertige Fettsäuren und sind ebenso ein wertvolles probiotisches Nahrungsmittel für Ihren Darm. Auch der griechische Joghurt wird Ihrem Verdauungstrakt sehr guttun.

SMOOTHIES

LEINSAMEN-BANANEN-DRINK

Zubereitungszeit: 5 Minuten

ZUTATEN FÜR 2 PORTIONEN

- 200 ml Kokoswasser
- 1 Bio-Banane
- 1 EL Leinsamen
- 300 g Heidelbeeren

ZUBEREITUNG

- Die Banane schälen und in Stücke schneiden.
- Geben Sie nun die Banane in einen Multi-Zerkleinerer. Die Heidelbeeren waschen und zur Banane geben. Das Kokoswasser hinzugeben und alles zu einem Smoothie pürieren.
- Rühren Sie noch die Leinsamen unter und servieren Ihren frischen Drink.

BEEREN-TRAUM-DRINK

Zubereitungszeit: 5 Minuten

ZUTATEN FÜR 2 PORTIONEN

- 1 EL flüssiger Bio-Waldhonig
- 150 g Erdbeeren
- 250 ml Kefir
- 100 ml Ananassaft

ZUBEREITUNG

1. In einem ersten Schritt die Erdbeeren gründlich abwaschen. Anschließend alle Erdbeeren, bis auf zwei Stück, in einen Mixer geben.
2. Den Honig und den Ananassaft hinzugeben und alles pürieren.
3. Sobald die Erdbeeren püriert sind, können Sie den Kefir hinzugeben und nochmals gut durchmixen.
4. Zum Schluss den Smoothie auf zwei Gläser verteilen und mit den zwei frischen Erdbeeren garnieren.

Tipp: Falls Sie ein bisschen Abwechslung wünschen, können Sie anstelle der Erdbeeren auch Himbeeren oder Brombeeren verwenden.

FRUCHT-MILCHSHAKE

Zubereitungszeit: 10 Minuten

ZUTATEN FÜR 2 PORTIONEN

- 150 ml Bio-Frischmilch (1,5 %)
- 150 g Heidelbeeren
- 100 ml Wasser
- 150 g Johannisbeeren
- 1 TL flüssigen Bio-Honig

ZUBEREITUNG

1. Waschen Sie zuerst die frischen Heidelbeeren und die Johannisbeeren und entfernen die Stiele.
2. Geben Sie die Früchte, den Honig und die Milch in einen Multi-Zerkleinerer. Pürieren Sie alles zu einem flüssigen Smoothie.
3. Füllen Sie Ihr Power-Getränk nun in Gläser und genießen Sie Ihre volle Ladung Vitamine.

EXOTISCHER INGWER-MELONEN-DRINK

Zubereitungszeit: 10 Minuten

ZUTATEN FÜR 2 PORTIONEN

- 180 g Cantaloupe-Melone (Zuckermelone)
- 6 Eiswürfel
- 200 g frische Ananas
- 1 Spritzer Saft einer Bio-Zitrone
- ½ Birne
- 1 EL Flohsamenschalen
- 50 g Ingwer
- 100 g Möhren

ZUBEREITUNG

1. Entfernen Sie die Kerne der Zuckermelone. Die Schale entfernen und das Fruchtfleisch klein schneiden.
2. Die Ananas ebenfalls schälen, die dunklen Stellen entfernen und klein schneiden. Die Birne ebenfalls schälen. Entfernen Sie hier unbedingt das Kerngehäuse und schneiden Sie es anschließend in Stücke.
3. Den Ingwer und die Möhren schälen und in Scheiben schneiden.
4. Geben Sie nun die Melone, die Ananas, die Birne, den Ingwer, die Möhren, die Flohsamenschalen und den Limettensaft in einen Hochleistungs-Multi-Zerkleinerer. Die Eiswürfel hinzugeben und alles pürieren.
5. Füllen Sie die Drinks in Gläser und genießen Sie Ihren erfrischenden Smoothie.

Tipp: Achten Sie unbedingt darauf, dass Sie die Melone und die Birne vollständig von Kernen befreien. Sie dürfen keinerlei Kerne von Obst mit verzehren. Es kann sonst passieren, dass sie Ihre Divertikel im Darm verletzen.

BEEREN-KIRSCH-SMOOTHIE MIT ERFRISCHENDER ORANGENNOTE

Zubereitungszeit: 30 Minuten

ZUTATEN FÜR 2 PORTIONEN

- 150 g Erdbeeren
- 50 g Himbeeren
- 50 g Kirschen
- 50 g schwarze Johannisbeeren
- 2 Pfefferminzstangen
- 1 Blutorange
- 5 EL Wasser
- 8 Eiswürfel

ZUBEREITUNG

1. Waschen Sie die Erdbeeren und entfernen Sie das Grün. Auch die Himbeeren, die schwarzen Johannisbeeren und die Kirschen waschen. Die Kirschen sorgfältig entsteinen.
2. Geben Sie die Früchte nun in einen Standmixer.
3. Waschen Sie die Pfefferminze, schütteln Sie diese trocken und zupfen Sie die Blättchen ab. Legen Sie einige Blätter für die spätere Garnierung zur Seite und geben Sie die anderen Minze-Blätter zu den Früchten in den Standmixer.
4. Schneiden Sie die Blutorange in zwei Hälften und pressen Sie den Saft aus.
5. Gießen Sie diesen dann zu den Früchten in den Standmixer. Nun noch das Wasser hinzugeben und alles kräftig durchpürieren.
6. Geben Sie die Eiswürfel in die Gläser, gießen Sie den Smoothie darüber und garnieren Sie mit den beiseitegestellten Pfefferminzblättchen.

Tipp: Dieser Smoothie ist perfekt als Frühstücksmahlzeit geeignet und versorgt Ihren Körper mit wertvollen gesunden Polyphenolen sowie Vitaminen!

GREEN-POWER-DRINK

Zubereitungszeit: 10 Minuten

ZUTATEN FÜR 2 PORTIONEN

- 1 Avocado
- 8 Eiswürfel
- ½ Galia-Melone
- 1 Handvoll Rucola
- ½ säuerlicher Apfel
- 50 ml Zitronensaft
- 10 Basilikumblätter

ZUBEREITUNG

1. Zuerst die Avocado halbieren und den Stein entfernen. Schneiden Sie das Fruchtfleisch anschließend in Stücke.
2. Den Apfel schälen, das Kerngehäuse entfernen und klein schneiden. Die Melone ebenfalls von den Kernen befreien, schälen und das Fruchtfleisch klein schneiden.
3. Geben Sie nun die Avocado zusammen mit dem Apfel und der Melone in einen Hochleistungs-Multi-Zerkleinerer. Den Zitronensaft und die Eiswürfel hinzugeben.
4. Waschen Sie die Basilikumblätter und geben hiervon 4 Stück in den Hochleistungs-Multi-Zerkleinerer.
5. Pürieren Sie nun alles gründlich durch, bis ein Smoothie entstanden ist.
6. Zum Schluss alles in Gläser füllen und mit dem restlichen Basilikum garnieren.

Tipp: Achten Sie darauf, dass Sie alle Kerne von der Melone und vom Apfel vollständig entfernen.

VITAMIN-SMOOTHIE

Zubereitungszeit: 5 Minuten

ZUTATEN FÜR 2 PORTIONEN

- 4 EL Instant-Haferflocken
- ½ Mango
- 3 Orangen
- 2 Kiwis

ZUBEREITUNG

1. Waschen Sie zuerst die Mango und entfernen Sie den Kern. Anschließend das Fruchtfleisch herauslösen, schälen und klein schneiden.
2. Halbieren Sie 1 Kiwi und schneiden Sie diese in Scheiben. Legen Sie diese kurz für die Garnitur zur Seite. Die übrige Kiwi schälen und in Würfel schneiden.
3. Geben Sie die Mango und die Kiwi in einen Multi-Zerkleinerer und pürieren alles. Die Orangen halbieren und den Saft herauspressen. Geben Sie den Orangensaft zu den Instant-Haferflocken hinzu und pürieren alles mit dem Fruchtmus nochmals durch.
4. Füllen Sie den Smoothie nun in Gläser. Die Kiwi Scheiben als Garnitur darüber geben und servieren.

ROTER-FRÜCHTE-JUICE

Zubereitungszeit: 5 Minuten

ZUTATEN FÜR 1 PORTION

- 20 g Brombeeren
- 1 EL Leinsamen
- 350 ml Kokoswasser
- 40 g Heidelbeeren
- 20 g Himbeeren
- 60 g Erdbeeren
- 50 g Babyspinat

ZUBEREITUNG

1. Waschen Sie die Beeren unter fließendem Wasser. Befreien Sie die Erdbeeren vom Grün und putzen Sie auch den Spinat.
2. Schneiden Sie die Erdbeeren klein und bei Bedarf ebenso die Himbeeren sowie die Brombeeren in zwei Hälften.
3. Geben Sie nun alle Zutaten in einen Mixer und mischen Sie alles durch, bis eine fein pürierte Masse entsteht.
4. In ein Glas füllen und genießen.

KEFIR-SMOOTHIE FÜR DIE DARMFLORA

Zubereitungszeit: 5 Minuten

ZUTATEN FÜR 1 PORTION

- 150 ml Kefir
- 50 ml frisch gepresster Orangensaft
- 2 EL Sanddornmus (Reformhaus)
- 3 gemahlene Walnüsse

ZUBEREITUNG

1. Pürieren Sie das Sanddornmus zusammen mit dem Kefir, dem frisch gepressten Orangensaft und den Walnüssen in einem leistungsfähigen Mixer.
2. Genießen Sie diesen Smoothie jederzeit, denn er stärkt Ihre Immunabwehrkräfte.

ERFRISCHENDER CRANBERRY-SMOOTHIE

Zubereitungszeit: 5 Minuten

ZUTATEN FÜR 1 PORTION

- 75 g Naturjoghurt (1,5 %)
- Eiswürfel
- 50 g Cranberrys
- 125 ml Bio-Frischmilch (1,5 %)
- ½ entkernter Granatapfel

ZUBEREITUNG

1. Mischen Sie alle Zutaten in einem Mixer kräftig durch.
2. Servieren Sie den fertigen Smoothie mit den Eiswürfeln. Guten Appetit!

GRANATAPFEL-KIWI-DRINK

Zubereitungszeit: 5 Minuten

ZUTATEN FÜR 1 PORTION

- ½ entkernter Granatapfel
- Saft von 2 Bio-Limetten
- 250 g Kiwi
- Eiswürfel

ZUBEREITUNG

1. Pürieren Sie zunächst einmal die Hälfte des Granatapfels mit dem Kiwi-Fruchtfleisch sowie dem Saft der beiden Limetten. Geben Sie dann die Eiswürfel in ein Glas und übergießen Sie diese mit dem frischen Smoothie.
2. Wenn Sie möchten, können Sie das Getränk noch mit ein wenig Wasser verdünnen, falls es Ihnen zu dickflüssig sein sollte.

AVOCADO-SPINAT-SMOOTHIE MIT EXOTISCHER NOTE

Zubereitungszeit: 5 Minuten

ZUTATEN FÜR 1 PORTION

- Saft einer Bio-Limette
- 150 g frische Mango
- 150 ml Wasser
- ½ Avocado
- 50 g Babyspinat
- 2 entsteinte Datteln

ZUBEREITUNG

1. Schälen Sie zunächst einmal die Avocado, entfernen Sie den Kern und geben Sie das Fruchtfleisch einer Avocado-Hälfte in den Shaker.
2. Schälen Sie nun die Mango und würfeln Sie das Fruchtfleisch.
3. Geben Sie nun alle Zutaten in einen Shaker und pürieren Sie alles zu einem leckeren Smoothie.
4. Geben Sie den frischen Saft in ein Glas und genießen Sie Ihren Drink.

KARIBISCHER SMOOTHIE

Zubereitungszeit: 5 Minuten

ZUTATEN FÜR 2 PORTIONEN

- 3 frische Pfefferminzblätter
- 1 Prise Zimtpulver
- 2 TL Kokosraspeln
- 350 ml Mandelmilch (ungesüßt)
- 150 g Himbeeren
- 2 entsteinte Datteln
- 1 TL Kokosöl
- 1 mittelgroße Banane

ZUBEREITUNG

1. Alle Zutaten - bis auf die frische Minze und die Kokosraspeln - in einem Standmixer gut miteinander vermischen, bis die gewünschte Konsistenz erreicht ist.
2. Vor dem Servieren die Kokosraspeln hineinstreuen und mit der Minze garnieren.

JOGHURT-BANANEN-SMOOTHIE

Zubereitungszeit: 5 Minuten

ZUTATEN FÜR 1 PORTION

- 100 g Heidelbeeren
- 3 EL Naturjoghurt (1,5 %)
- 1 Bio-Banane
- 100 g Brombeeren
- 200 ml Bio-Frischmilch (1,5 %)

ZUBEREITUNG

1. Schälen Sie zuerst die Banane. Waschen Sie die frischen Beeren und geben alle Zutaten in einen Standmixer.
2. Pürieren Sie nun alles und servieren Sie Ihren cremigen Smoothie.

APFEL-FRUCHT-SMOOTHIE

Zubereitungszeit: 5 Minuten

ZUTATEN FÜR 1 PORTION

- 2 EL Leinsamen
- frische Minzblätter
- 1 Bio-Apfel
- 300 ml Wasser
- 1 Bio-Zitrone
- 250 g Erdbeeren
- 2 Salbeiblätter

ZUBEREITUNG

1. Die Erdbeeren putzen, waschen und klein schneiden.
2. Auch den Apfel waschen, halbieren, das Kerngehäuse entfernen und grob zerkleinern.
3. Diese Zutaten zusammen mit dem Wasser in einen Mixer geben. Nun noch den Saft der Zitrone hinzugeben.
4. Alles zu einem feinen Smoothie mixen und mit den Salbeiblättern sowie der frischen Minze garnieren.

MANDEL-BUTTERMILCH-SMOOTHIE

Zubereitungszeit: 5 Minuten

ZUTATEN FÜR 2 PORTIONEN

- 45 g gemahlene Mandeln
- 80 g frische Erdbeeren
- 3 Minze-Blätter
- 2 entsteinte Datteln
- 20 g Kirschen
- 2 EL Instant-Haferflocken
- 200 ml Buttermilch
- 100 g Naturjoghurt (1,5 %)

ZUBEREITUNG

1. Zunächst einmal die Kirschen entsteinen, waschen und klein schneiden. Auch die Datteln schön fein schneiden.
2. Nun die Erdbeeren putzen, waschen und in kleine Stückchen schneiden.
3. Alle Zutaten - bis auf die Minze - in einen Mixer geben und alles zu einem feinen Smoothie pürieren. Zum Schluss mit den frischen Minzblättern garnieren und mit Eiswürfeln gekühlt genießen.

LEINSAMEN-SPINAT-SMOOTHIE

Zubereitungszeit: 30 Minuten

ZUTATEN FÜR 2 PORTIONEN

- 120 g tiefgekühlter Blattspinat
- 3 EL Vollmilch (alternativ ungesüßte Mandelmilch)
- 300 g Naturjoghurt
- nicht jodiertes Salz
- 1 EL Rosinen
- 4 TL Leinsamen

ZUBEREITUNG

1. Lassen Sie den Blattspinat ein wenig antauen und schneiden Sie ihn in grobe Streifen. Geben Sie ihn zusammen mit der Milch in einem Standmixer. Fügen Sie nun die Leinsamen und den Joghurt hinzu und pürieren Sie alles zu einem fein-cremigen Smoothie.
2. Schmecken Sie alles mit dem nicht jodierten Salz ab und rühren Sie die Rosinen unter.

Tipp: Probiotischer Joghurt und ballaststoffreiche Leinsamen sind optimal für Ihren Darm!

HAUPTGERICHTE

LECKERES RISOTTO MIT EINER EXTRAPORTION VITAMIN D

Zubereitungszeit: 15 Minuten

ZUTATEN FÜR 2 PORTIONEN

- 1 Zwiebel
- 10 g Steinpilze, getrocknet
- Salz, Pfeffer
- 1 Knoblauchzehe
- 30 g geriebener Parmesan
- 200 g Champignons, weiß
- 1 Bund gehackte Petersilie
- 200 g Austernpilze
- 1 EL Rapsöl
- 50 g Butter
- 400 g Risottoreis
- 1 TL Thymianblättchen
- 100 ml Weißwein
- 1,5 Liter Gemüsebrühe

ZUBEREITUNG

2. Zuerst die getrockneten Steinpilze mit 100 ml kochendem Wasser übergießen und zugedeckt 10 Minuten ziehen lassen.
3. Den Knoblauch und die Zwiebel schälen und klein schneiden. Die Champignons und die Austernpilze waschen und klein schneiden.

4. In einem Topf 25 g Butter erhitzen und darin die Zwiebeln andünsten. Den Knoblauch hinzugeben und nochmals kurz andünsten lassen. Geben Sie den Reis hinzu und rühren währenddessen stetig um. Alles mit dem Weißwein ablöschen und einköcheln lassen. Geben Sie nun 150 ml Brühe hinzu und lassen das Risotto nochmals gut köcheln.
5. Die Steinpilze mit dem Thymian zum Risotto geben.
6. Das Einweichwasser der Steinpilze nun mit einem Papierfilter sieben und zum Risotto hinzugeben. Alles für 20 Minuten garen.
7. Geben Sie die restlichen Pilze mit dem Rapsöl in eine Pfanne und dünsten diese an. Alles mit Salz und Pfeffer würzen und zum Risotto mischen. Die Petersilie waschen, klein schneiden und unter den Reis mengen.
8. Die restliche Butter und den Parmesan zum Risotto geben, alles gründlich verrühren und servieren.

THUNFISCH-NUDELN

Zubereitungszeit: 20 Minuten

ZUTATEN FÜR 4 PORTIONEN

- 1 EL Kapern
- 5 Strauchtomaten
- 2 EL Rapsöl
- 300 g Thunfisch (naturell)
- 1 Bund Petersilie
- Salz
- ein paar Basilikumstiele
- 400 g Vollkornnudeln

ZUBEREITUNG

1. Gießen Sie zuerst heißes Wasser über die Tomaten. Anschließend die Haut entfernen, halbieren und die Kerne entfernen. Schneiden Sie die Tomaten klein.
2. Die Petersilie und die Basilikumblätter waschen und klein hacken. Den Thunfisch aus der Dose nehmen und abtropfen lassen.
3. Erhitzen Sie in einem Topf das Rapsöl und dünsten darin die Tomaten an. Die Kapern zufügen und mit Salz würzen. Mengen Sie den Thunfisch darunter.
4. In der Zwischenzeit die Nudeln nach Anleitung kochen. Anschließend abgießen und zur Seite stellen.
5. Die Petersilie und das Basilikum zu dem Thunfisch geben. Alles gründlich vermengen.
6. Richten Sie die Nudelportionen auf Tellern an. Den Thunfisch darüber geben und servieren.

SELBSTGEMACHTER STRUDEL MIT SCHAFSKÄSE

Zubereitungszeit: 20 Minuten

ZUTATEN FÜR 2 PORTIONEN

Für die Füllung:

- 1 kg Sauerkraut
- 2 Möhren
- 50 g Butter zum Bestreichen
- 2 EL Rapsöl
- 125 g Schafskäse
- 2 Prisen Salz

Für den Teig:

- 125 ml lauwarmes Wasser
- 1 Msp. Salz
- 250 g Dinkelvollkornmehl
- ½ TL Salz
- 2 EL Rapsöl

ZUBEREITUNG

1. Widmen Sie sich zuerst dem Strudelteig. Hierfür das Dinkelmehl mit dem Salz vermengen. Formen Sie in der Mitte eine kleine Mulde und gießen dort das Rapsöl und das lauwarme Wasser nach und nach hinein. Alles mit einer Gabel von außen nach innen vermischen und zu einem Teig verarbeiten. Sobald der Teig eine geschmeidige Konsistenz hat, lassen Sie diesen für 60 Minuten zugedeckt ruhen.
2. Schälen Sie in der Zwischenzeit die Möhren und schneiden diese klein. Geben Sie das Rapsöl in die Pfanne und dünsten darin die Möhren an. Anschließend aus der Pfanne nehmen.

3. Den Schafskäse etwas raspeln und mit den Möhren vermengen. Das Sauerkraut hinzugeben und alles mit Salz würzen.

4. Bestäuben Sie ein Küchentuch mit etwas Mehl und rollen den Teig darauf. Mit Butter bestreichen und die Möhren-Schafskäse-Füllung darauf verteilen. Rollen Sie den Strudel nun mithilfe des Küchentuchs von der schmalen Seite her auf.

5. Den Strudel auf ein mit Backpapier belegtes Backblech legen und für 45-50 Minuten bei 200 Grad backen. Den Strudel herausnehmen und genießen.

FRÜHLINGSHAFTE PUFFER

Zubereitungszeit: 20 Minuten

ZUTATEN FÜR 2 PORTIONEN

Für die Soße:

- 1 ½ EL Walnussöl
- 80 g Feta
- 1 Prise Zucker
- 100 g Naturjoghurt (1,5 %)
- 50 ml Wasser
- Salz

Für die Puffer:

- 4 EL Rapsöl
- 300 g Zucchini
- 25 g geriebener Parmesan
- 2 frische Bio-Eier
- 20 g Dinkelmehl
- 1 Handvoll Minzblätter
- Pfeffer, Salz

ZUBEREITUNG

1. Zuerst die Puffer zubereiten. Hierfür die Zucchini gründlich waschen und fein raspeln. Die Minze ebenfalls waschen und klein schneiden. Geben Sie nun die Zucchini mit dem Mehl, den Eiern, der Minze und dem Parmesan in eine Rührschüssel. Verrühren Sie alles gründlich miteinander und würzen mit Pfeffer und Salz.

2. Erhitzen Sie in einer Pfanne 2 EL Rapsöl. Geben Sie mit einem Esslöffel je 4 Puffer hinein und backen diese bei mittlerer Hitzezufuhr aus. Die fertigen Puffer auf Küchenpapier legen und austropfen lassen.

3. Anschließend die Küchlein nacheinander im übrigen Rapsöl ausbacken.

4. Für die Soße nun den Dill waschen und klein hacken. Vermengen Sie in der Rührschüssel
   100 ml Wasser und den Joghurt miteinander. Den Feta hinzugeben, mit Pfeffer, Salz, Zucker und Walnussöl vermengen und pürieren. Geben Sie nun den Dill unter den Dip und richten die Puffer auf Tellern an. Die fertigen Zucchini-Taler mit dem Dip servieren und genießen.

CHAMPIGNONS MIT MOZZARELLA-ZUCCHINI-FÜLLUNG

Zubereitungszeit: 25 Minuten

ZUTATEN FÜR 2 PORTIONEN

- 125 g Mozzarella
- 150 g Kirschtomaten
- Pfeffer, Salz
- 1 Zucchini
- 2 EL Olivenöl
- 6 Riesenchampignons
- 1 Knoblauchzehe
- 1 Zwiebel

ZUBEREITUNG

1. Waschen Sie zuerst die Tomaten und schneiden diese klein. Die Zucchini ebenfalls waschen und in Scheiben schneiden.
2. Die Pilze putzen, den Stiel herauslösen und klein hacken.
3. Schälen Sie die Knoblauchzehe und die Zwiebel und hacken beides klein.
4. In einer Pfanne das Öl erhitzen und die Pilze von beiden Seiten andünsten. Mit Pfeffer und Salz würzen und in eine Auflaufform legen. Achten Sie darauf, dass die Öffnung der Pilze nach oben zeigt.
5. Den Mozzarella in Würfel schneiden und mit den Pilzstielen vermischen. Geben Sie noch die Zucchini, die Tomaten, den Knoblauch und die Zwiebeln hinzu und vermengen alles gründlich miteinander. Alles mit Pfeffer und Salz würzen und in die Pilze füllen.
6. Backen Sie die gefüllten Pilze nun für 20 Minuten bei 200 Grad.

FRISCHE KARTOFFELN MIT KRÄUTER-DIP

Zubereitungszeit: 15 Minuten

ZUTATEN FÜR 2 PORTIONEN

- 1 Msp. Kümmel, gemahlen
- 2 große Kartoffeln
- Pfeffer, ½ TL Salz
- ¼ Bund Petersilie
- 100 g Créme fraîche
- ½ Bund Schnittlauch
- 50 g Naturjoghurt (1,5 %)
- 50 g Speisequark (Magerstufe)

ZUBEREITUNG

1. Die Kartoffeln waschen und mit einer Gabel rundherum einstechen. Für 10 Minuten bei
   600 Watt in der Mikrowelle garen. Anschließend in Alufolie wickeln und im Ofen bei 200 Grad für 40 Minuten gar werden lassen.
2. In der Zwischenzeit den Schnittlauch und die Petersilie waschen und klein schneiden.
3. Den Quark mit dem Joghurt und der Créme fraîche vermengen. Geben Sie die frischen Kräuter hinzu und verrühren alles miteinander. Würzen Sie den frischen Dip nun mit etwas Kümmel, Salz und Pfeffer.
4. Die Kartoffeln aus der Alufolie nehmen und kreuzförmig einschneiden. Etwas auseinanderdrücken, damit Sie nun den Dip hineinfüllen können. Den übrigen Dip können Sie daneben platzieren. Guten Appetit!

Tipp: Falls Sie keine Mikrowelle besitzen, können Sie die Kartoffeln auch anderweitig zubereiten. Geben Sie diese hierfür dann für 15 Minuten in kochendes Wasser und anschließend anstatt 40 Minuten in den Ofen für 2 Stunden in den Backofen.

GEMÜSE-ALLERLEI MIT FISCH

Zubereitungszeit: 20 Minuten

Zutaten für 4 Portionen

- 1 Handvoll Basilikumblätter
- 800 g festkochende Kartoffeln
- Salz, Pfeffer
- 24 Kirschtomaten
- 1 Bio-Zitrone
- 4 aufgetaute Schollenfilets
- 1 Fenchelknolle
- 2 Prisen Zucker
- 9 EL Olivenöl
- 150 ml Gemüsebrühe

ZUBEREITUNG

1. Kochen Sie zuerst die Kartoffeln für 20 Minuten in Salzwasser.
2. In einem zweiten Topf nun Salzwasser zum Kochen bringen. Die Tomaten waschen und kreuzförmig einschneiden. Anschließend mit dem heißen Wasser übergießen und die Haut entfernen.
3. Waschen Sie den Fenchel und schneiden ihn klein. Die Zitrone halbieren und den Saft herauspressen und dabei auffangen.
4. Erhitzen Sie 1 EL Olivenöl in einem Topf und schwitzen den Fenchel darin an. Die Brühe mit
5. 1 TL Zitronensaft und 1 Prise Zucker hinzugeben und alles 5 Minuten köcheln lassen.
6. Die Kartoffeln abgießen, schälen und in Viertel schneiden.

7. Spülen Sie den Fisch kurz kalt ab und würzen ihn mit Pfeffer und Salz.
8. Legen Sie 4 Backpapier-Bögen auf ein Backblech. Jeweils in die Mitte Kartoffeln mit Fenchel, Tomaten und etwas Sud geben. Das Fischfilet darüberlegen. Träufeln Sie nun je 2 EL Olivenöl über die Fisch-Gemüse-Mischung und falten das Papier darüber zusammen. Im Ofen nun bei 200 Grad für 15 Minuten garen.
9. Die Fischpäckchen herausnehmen und etwas auskühlen lassen. Mit Pfeffer bestreuen. Das Basilikum waschen und ebenfalls als Highlight darüber geben.

EXOTISCHES WILDLACHSFILET MIT VOLLKORNNUDELN

Zubereitungszeit: 25 Minuten

ZUTATEN FÜR 4 PORTIONEN

Für die Nudeln:

- 300 g Kirschtomaten
- 350 g Vollkorn-Bandnudeln
- 1 Avocado
- 1 Knoblauchzehe
- 2 EL Butter
- 5 EL Olivenöl
- 100 g Kaiserschoten
- Salz

Für den Lachs:

- Salz
- ½ Bund Frühlingszwiebeln
- 4 Wildlachsfilets, aufgetaut
- 2 EL Kokosflocken
- 6 EL Rapsöl
- 2 Gewürznelken
- 1 TL Currypulver
- 1 Bio-Limette
- 2 Lorbeerblätter

ZUBEREITUNG

1. Widmen Sie sich zuerst den Zutaten für den Lachs. Die Gewürznelken zuerst mit einem Mörser zermahlen. Reiben Sie eine Limettenhälfte fein und pressen den Saft heraus. Stellen Sie den Limettensaft kurz zur Seite. Die Nelken mit dem Currypulver, den Lorbeerblättern und der Limettenschale vermengen. Das Rapsöl hinzugeben und gut verrühren.

2. Waschen Sie die Frühlingszwiebeln und schneiden diese klein. Geben Sie die Curry-Paste nun über die Zwiebeln und lassen alles zugedeckt für 60 Minuten im Kühlschrank ziehen.

3. Kochen Sie die Nudeln nach Anleitung. Anschließend abgießen und dabei 5 EL Kochwasser auffangen und zur Seite stellen. Die Kokosflocken in der Pfanne ohne eine Fettzugabe anrösten. Geben Sie die marinierten Frühlingszwiebeln nun in eine Auflaufform. Mit Pfeffer und Salz würzen und den Wildlachs darauf verteilen. Den Fisch nun für 14 Minuten bei 180 bis 200 Grad garen.

4. Waschen Sie die Tomaten währenddessen und halbieren diese. Den Knoblauch schälen und in Stücke schneiden. Geben Sie das Olivenöl in eine Pfanne und dünsten darin den Knoblauch an. Die Kaiserschoten hinzugeben und alles gar werden lassen. Geben Sie die Nudeln ebenfalls in die Pfanne. Nach und nach die Tomaten, das Kochwasser, den Limettensaft und die Butter hinzugeben. Mit Pfeffer und Salz würzen und abschmecken.

5. Die Avocado schneiden und den Kern entfernen. Das Fruchtfleisch klein schneiden und zu den Nudeln in die Pfanne geben.

6. Nehmen Sie den Fisch aus dem Ofen und richten ihn auf Tellern an. Die Nudeln hinzugeben und alles mit den Kokosflocken garnieren. Guten Appetit!

GEFÜLLTE FETA-REIS-TOMATEN

Zubereitungszeit: 15 Minuten

ZUTATEN FÜR 2 PORTIONEN

- Pfeffer, Salz
- ½ Zwiebel
- 1 Knoblauchzehe
- 50 g Feta
- 1 EL Butter
- 100 g aufgetauter Blattspinat
- 50 g Vollkornreis
- 2 Fleischtomaten
- 150 ml Gemüsebrühe

ZUBEREITUNG

1. Zuerst die Zwiebeln und den Knoblauch schälen und klein hacken.
2. Erhitzen Sie in einem Topf die Butter und dünsten darin Knoblauch und Zwiebeln glasig an. Geben Sie den Vollkornreis hinzu und schwitzen alles zusammen an. Löschen Sie nun mit der Brühe alles ab und lassen den Reis für 25 Minuten bei geringer Hitzezufuhr quellen.
3. In der Zwischenzeit können Sie die Tomaten waschen und den Deckel entfernen. Entnehmen Sie den Stielansatz und trennen diesen heraus. Mit einem Esslöffel können Sie nun die Tomaten aushöhlen und das Fruchtfleisch klein schneiden.
4. Drücken Sie den Spinat aus und hacken diesen klein. Den Feta als nächstes etwas klein schneiden. Nehmen Sie 2 TL Feta und stellen diesen kurz zur Seite.
5. Geben Sie den übrigen Feta mit dem Spinat und dem Tomaten-Fruchtfleisch in die Pfanne. Rühren Sie alles zusammen ein, sodass eine geschmeidige Reis-Mischung

entsteht. Würzen Sie diese nun mit Pfeffer und Salz und füllen die Fleischtomaten damit.

6. Die Tomaten nun nebeneinander in eine Auflaufform setzen. Füllen Sie nun den Feta in die Tomaten und setzen den vorher herausgetrennten Deckel darauf.
7. Backen Sie die gefüllten Tomaten nun für 20 Minuten bei 200 Grad.
8. Anschließend aus dem Ofen nehmen und servieren.

DARMFREUNDLICHES ANANAS-TOAST

Zubereitungszeit: 15 Minuten

ZUTATEN FÜR 2 PORTIONEN

- 4 Gouda-Scheiben
- 4 Scheiben Ananas (frisch)
- 200 g Sauerkraut
- 10 g Butter
- Pfeffer
- 4 Scheiben Vollkorntoast

ZUBEREITUNG

1. Zuerst die Butter in einer Pfanne erhitzen. Die Ananas hineingeben und kurz anbraten. Mit etwas Pfeffer würzen und aus der Pfanne nehmen.
2. Toasten Sie als nächstes das Vollkornbrot. Legen Sie je eine Ananas darauf und verteilen das Sauerkraut darüber. Den Gouda darüberlegen und alles für 15 Minuten bei 200 Grad backen.
3. Aus dem Ofen nehmen und genießen.

POWER-LINSEN MIT MÖHREN-KARTOFFEL-LACHS

Zubereitungszeit: 20 Minuten

ZUTATEN FÜR 4 PORTIONEN

- 500 ml Gemüsebrühe
- 1 Lauch
- 5 EL Rapsöl
- 300 g Möhren
- 250 g rote Linsen
- 200 g festkochende Kartoffeln
- Pfeffer, Salz
- 4 aufgetaute Lachsfilets
- 2 Handvoll Petersilie
- 2 EL Saft einer Bio-Zitrone

ZUBEREITUNG

1. Zuerst den Lauch waschen und in Ringe schneiden. Schälen Sie dann die Möhren und die Kartoffeln und schneiden beides in Würfel.
2. Erhitzen Sie in einer Pfanne 2 EL Rapsöl und dünsten darin den Lauch zusammen mit den Kartoffeln und den Möhren. Alles für 3 Minuten anbraten.
3. Löschen Sie nun alles mit der Gemüsebrühe ab und geben die Linsen hinzu. Das Gemüse nun für 12 Minuten bei mittlerer Hitzezufuhr köcheln lassen.
4. Spülen Sie das Lachsfilet kurz mit kaltem Wasser ab und streichen danach das restliche Öl darauf. Beide Seiten mit Pfeffer und Salz würzen. In einer Pfanne den Fisch nun von beiden Seiten je 3 Minuten anbraten. Den Zitronensaft darüber geben und den Lachs aus der Pfanne nehmen.

5. Waschen Sie die Petersilie, hacken diese klein und geben sie unter die Gemüse-Mischung. Mit Pfeffer und Salz würzen.
6. Richten Sie nun den Fisch auf Tellern an. Das Gemüse hinzugeben und servieren.

KARTOFFEL-KREATION „ITALIA“

Zubereitungszeit: 20 Minuten

ZUTATEN FÜR 4 PORTIONEN

- 750 ml Gemüsebrühe
- 3 Strauchtomaten
- Pfeffer, Salz
- 300 g Spinat
- 1 TL Oregano
- 2 EL Olivenöl
- 2 EL Tomatenmark
- 800 g festkochende Kartoffeln
- 1 Knoblauchzehe
- 1 Zwiebel

ZUBEREITUNG

1. Gießen Sie über die Tomaten zuerst kochendes Wasser. Anschließend die Haut entfernen, vierteln und die Kerne herauslösen. Den Strunk ebenfalls entfernen und die Tomaten in Würfel schneiden.
2. Waschen Sie die Kartoffeln. Anschließend schälen und in Würfel schneiden. Den Spinat ebenfalls waschen und klein schneiden. Den Knoblauch und die Zwiebel schälen und beides hacken.
3. Erhitzen Sie in einer Pfanne das Öl und dünsten darin die Zwiebelwürfel und den Knoblauch an. Die Kartoffeln hinzugeben und ebenfalls andünsten. Löschen Sie alles mit der Gemüsebrühe ab. Mit dem Oregano würzen und für 15 Minuten bei mittlerer Hitzezufuhr köcheln lassen. Geben Sie noch den Spinat hinzu und lassen diesen weitere 5 Minuten garen.

4. Zum Schluss die Tomaten untermischen und alles mit Pfeffer, Salz und Tomatenmark abschmecken.
5. Richten Sie alles auf Tellern an und servieren Sie Ihre italienische Kartoffel-Kreation.

ENTZÜNDUNGSHEMMENDES MEDITERRANES RISOTTO

Zubereitungszeit: 15 Minuten

ZUTATEN FÜR 4 PORTIONEN

Für den Zander:

- 2 TL Zitronenschale
- 4 aufgetaute Zanderfilets
- 25 g Rucola
- 2 EL Dinkelmehl
- Salz
- 250 g Kirschtomaten
- 3 EL Olivenöl

Für das Risotto:

- 2 Thymianstiele
- 4 Strauchtomaten
- 2 Lorbeerblätter
- 1 Liter Gemüsebrühe
- 30 g getrocknete Tomaten
- 2 EL Tomatenmark
- 2 EL Rapsöl
- 300 g Risotto Reis

ZUBEREITUNG

1. Widmen Sie sich zuerst dem Risotto. Übergießen Sie die Tomaten mit kochendem Wasser. Entfernen Sie die Haut und die Kerne. Anschließend in Würfel schneiden.

2. Die getrockneten Tomaten klein schneiden. In einem Topf das Rapsöl erhitzen und den Reis darin anschwitzen. Das Tomatenmark untermischen und gut verrühren. Löschen Sie alles mit der Brühe ab und lassen diese etwas einköcheln.

3. Die Lorbeerblätter ebenfalls hinzugeben. Waschen Sie den Thymian und schneiden diesen klein. Anschließend ebenfalls in den Topf hinzugeben. Geben Sie alle Tomaten zu dem Reis und lassen alles für 20 Minuten bei geringer Hitzezufuhr köcheln.

4. Widmen Sie sich nun den Zutaten für den Zander. Spülen Sie den Fisch kurz kalt ab und schneiden ihn auf der Hautseite ein paar Mal ein. Mit Salz würzen und etwas Mehl darüber stäuben. Erhitzen Sie in einer Pfanne das Olivenöl und braten den Fisch darin von jeder Seite für 4 Minuten an. Die Cherrytomaten waschen, halbieren, die Kerne entfernen und zum Zander in die Pfanne geben.

5. Das Risotto mit etwas Salz würzen und abschmecken. Entnehmen Sie die Lorbeerblätter.

6. Richten Sie nun auf einem Teller den Zander mit den Cherrytomaten an. Den Rucola waschen und ebenfalls hinzugeben. Das Risotto zum Fisch legen und alles mit etwas Zitronenschale bestreuen und servieren.

SPARGEL-MÖHREN-RAGOUT MIT HÜHNCHENBRUSTFILET

Zubereitungszeit: 15 Minuten

ZUTATEN FÜR 4 PORTIONEN

- 400 g Hühnerbrustfilets
- 500 ml Gemüsebrühe
- Salz
- 200 g grüner Spargel
- 150 g Champignons
- 2 EL Rapsöl
- 200 g Zucchini
- 150 g Erbsen
- 1 Bund Petersilie
- 200 g Möhren

ZUBEREITUNG

- Waschen Sie zuerst den Spargel und entfernen die Enden. Anschließend in etwas kochendem Wasser garen. Schneiden Sie den fertigen Spargel in Stücke.
- Die Hühnerbrust in Würfel schneiden. Die Erbsen kurz in heißem Wasser blanchieren und anschließend abtropfen lassen.
- Putzen Sie die Pilze und schneiden sie klein. Die Zucchini waschen und in Würfel schneiden. Die Möhren schälen und ebenfalls klein schneiden.
- Die frische Petersilie waschen und hacken.
- Widmen Sie sich nun dem Hühnerbrustfilet. Geben Sie hierfür das Öl in eine Pfanne und braten das Fleisch darin an. Mit etwas Salz würzen und aus der Pfanne nehmen.
- Geben Sie die Brühe in die Pfanne und lassen diese verkochen.

- Die Pilze, die Möhren, den Spargel und die Zucchini in die Pfanne geben und andünsten. Das Geflügelfleisch hinzugeben und alles bei geringer Hitzezufuhr köcheln lassen. Geben Sie die Erbsen noch hinzu und erhitzen diese noch ein paar Minuten mit.
- Richten Sie nun alles auf Tellern an. Streuen Sie als Highlight die gehackte Petersilie darüber.

SPINAT-FLAMMKUCHEN

Zubereitungszeit: 20 Minuten

ZUTATEN FÜR 4 PORTIONEN

- 250 g Dinkelmehl
- 2 Prisen Meersalz
- 150 g Frischkäse
- 2 EL Olivenöl
- 200 g Spinat
- 2 mittelgroße Zucchini
- 60 g junger Gouda (gerieben)
- Rapsöl zum Anbraten

ZUBEREITUNG

1. Für den Flammkuchenteig zunächst einmal das Dinkelmehl mit dem Salz in eine Schüssel geben. Nun 125 ml Wasser und das Olivenöl hinzugeben und mit den Händen alles zu einem glatten Teig kneten.
2. Waschen Sie nun den Spinat und schneiden diesen klein. Auch die Zucchini schälen, waschen und in dünne Scheiben schneiden.
3. Erhitzen Sie ein wenig Rapsöl in der Pfanne und schwitzen Sie die Zucchini-Scheiben und den Spinat darin 2-3 Minuten an. Nun noch leicht salzen und pfeffern.
4. Rollen Sie den Flammkuchenteig nun aus und geben ihn auf ein mit Backpapier ausgelegtes Blech. Bestreichen Sie ihn nun mit dem Frischkäse.
5. Verteilen Sie nun den Spinat und die Zucchini darüber und bestreuen Sie den Flammkuchen mit dem geriebenen jungen Gouda.

6. Denn Flammkuchen dann auf mittlerer Schiene im Backofen bei 200 Grad 20 Minuten lang ausbacken.

ITALIENISCHE FRITTATA

Zubereitungszeit: 15 Minuten

ZUTATEN FÜR 2 PORTIONEN

- 2 EL Olivenöl
- 4 frische Bio-Eier
- 50 ml Bio-Frischmilch (1,5 %)
- 1 Prise Meersalz, weißer Pfeffer
- 1 Küchenzwiebel, weiß
- 100 g Hüttenkäse
- 250 g Strauchtomaten
- 200 g Zucchini
- 1 große Möhre
- etwas frisch gehacktes Basilikum

ZUBEREITUNG

1. Die Tomaten zuerst mit kochendem Wasser übergießen und häuten. Anschließend halbieren, die Kerne entfernen und klein schneiden. Nun die Zucchini und die Möhre schälen, waschen und beides klein schneiden. Auch die Küchenzwiebel schälen und klein hacken.

2. Erhitzen Sie nun in einer Pfanne das Olivenöl und braten Sie darin die Zwiebel glasig an. Nun die Tomatenstücke, die Zucchini- und die Möhrenstücke hinzugeben und bei geschlossenem Deckel 3 Minuten garen.

3. Verquirlen Sie die Eier in einer Schüssel mit der Frischmilch und würzen Sie nach Belieben mit Pfeffer und Meersalz. Rühren Sie nun den Hüttenkäse und das fein gehackte Basilikum unter. Gießen Sie diese Ei-Mischung nun in die Pfanne, sodass das Gemüse davon bedeckt wird.

4. Nun bei niedriger Hitzezufuhr und zugedeckt 12–15 Minuten stocken lassen.
5. Die Frittata kann sowohl warm als auch kalt genossen werden, gerne auch mit einem frischen Blattsalat als Beilage.

SÜSSKARTOFFELN MIT FRISCHKÄSEFÜLLUNG

Zubereitungszeit: 15 Minuten

ZUTATEN FÜR 2 PORTIONEN

- 350 g Süßkartoffeln
- 2 EL Olivenöl
- 1 EL Rapsöl
- 1 Fenchel
- 1 TL Zimtpulver
- 1 EL Frischkäse
- 1 Mozzarella-Kugel
- Meersalz, Pfeffer

ZUBEREITUNG

1. Waschen Sie die Süßkartoffeln gründlich ab und schneiden Sie diese in 2 Hälften. Pinseln Sie sie nun von allen Seiten gut mit Olivenöl ein und legen Sie sie auf ein mit Backpapier ausgelegtes Backblech. Backen Sie die Süßkartoffeln nun 40 Minuten lang bei 200 Grad.
2. Den Fenchel waschen und den Strunk entfernen. Anschließend klein schneiden.
3. Geben Sie nun das Rapsöl in die Pfanne und braten Sie darin den Fenchel an. Mit Pfeffer und Salz würzen. Geben Sie nun auch noch das Zimtpulver in die Pfanne hinzu.
4. Holen Sie nun die Süßkartoffeln aus dem Ofen, lassen Sie diese kurz abkühlen und höhlen Sie sie mit einem Löffel vorsichtig aus. Lassen Sie dabei einen Rand von ungefähr 1 cm stehen.
5. Stampfen Sie nun das Süßkartoffelinnere und vermischen Sie es mit dem Fenchel sowie dem Frischkäse. Füllen Sie diese Mischung nun in die Süßkartoffel-Hälften zurück und belegen Sie jede Hälfte mit einer Mozzarella-Scheibe. Nun die

Süßkartoffel-Hälfen bei gleicher Temperatur im Ofen nochmals 5-8 Minuten backen.

Tipp: Sie können anstatt dem Fenchel auch 1 Zucchini verwenden.

GEFÜLLTE ZUCCHINI

Zubereitungszeit: 35 Minuten

ZUTATEN FÜR 4 PORTIONEN

- 100 g Hirse
- 6 große Radieschen
- 4 große Zucchini
- 100 g Porree
- 1 EL Frischkäse
- 200 ml Gemüsebrühe
- 1 Prise Muskatnusspulver
- Pfeffer, Meersalz

ZUBEREITUNG

1. Die Zucchini schälen, waschen, der Länge nach halbieren und vorsichtig aushöhlen. Die Radieschen putzen, waschen und ganz klein würfeln.
2. Vermischen Sie nun die Radieschen-Würfel mit dem Inneren der Zucchini und schmecken Sie mit Pfeffer, Muskatnusspulver und ein wenig Salz ab.
3. Kochen Sie nun die Hirse in der Gemüsebrühe ca. 20 Minuten lang weich. Dann abgießen und abtropfen lassen.
4. Putzen Sie den Porree und schneiden Sie ihn in dünne Ringe. Erhitzen Sie den Frischkäse in einer Pfanne und dünsten Sie darin die Porree-Ringe an. Geben Sie nun die Hirse in die Pfanne hinzu und ebenfalls die Radieschen-Zucchini-Mischung.
5. Füllen Sie diese Mischung nun in die Zucchini-Schiffchen und legen Sie diese auf ein mit Backpapier ausgelegtes Blech.
6. Im Backofen bei 180 Grad Ober- und Unterhitze 20–25 Minuten backen.
7. Zum Schluss aus dem Ofen nehmen und servieren.

SPARGEL-KARTOFFEL-PFANNE

Zubereitungszeit: 35 Minuten

ZUTATEN FÜR 4 PORTIONEN

- 2 Knoblauchzehen
- 4 Thymianzweige
- 600 g festkochende Kartoffeln
- 1 Zwiebel
- 800 g grüner Spargel
- 4 EL Olivenöl
- etwas Meersalz und weißer Pfeffer

ZUBEREITUNG

1. Schälen Sie die Kartoffeln, schneiden diese in Scheiben und kochen sie anschließend für 12 Minuten in Salzwasser.
2. Schälen und hacken Sie den Knoblauch und die Zwiebeln. Den grünen Spargel waschen und in Stücke schneiden.
3. Erhitzen Sie in einer Pfanne das Öl und dünsten darin die Zwiebel und den Knoblauch an. Geben Sie nach 1 Minute den Spargel hinzu und garen diesen weitere 2 Minuten. Die Kartoffelscheiben zur Pfanne hinzugeben und 8 Minuten dünsten.
4. Würzen Sie nun alles mit Pfeffer und Salz. Schneiden und waschen Sie die Thymianzweige und hacken diese klein.
5. Den Thymian in die Pfanne hinzugeben, kurz durchrühren und servieren.

KARTOFFEL-STIFTE MIT KRÄUTERN

Zubereitungszeit: 10 Minuten

ZUTATEN FÜR 2 PORTIONEN

- 3 EL Olivenöl
- 350 g festkochende Kartoffeln
- 2 EL Oregano
- Frisch gehackte Petersilie
- Pfeffer, Meersalz

ZUBEREITUNG

1. Den Backofen vorheizen und das Backblech mit einem Papier auslegen.
2. Waschen Sie nun die Kartoffeln gründlich unter heißem Wasser und schneiden Sie diese in 2 cm dicke Stäbchen.
3. Verrühren Sie nun das Olivenöl mit dem Oregano sowie der frisch gehackten Petersilie. Nun noch Salz und Pfeffer hinzugeben.
4. Wälzen Sie die Kartoffelstäbe in dem gewürzten Öl und verteilen Sie diese dann auf dem Backblech.
5. Im Ofen 30-35 Minuten bei 200 Grad Ober- und Unterhitze backen.

SPARGEL-RISOTTO

Zubereitungszeit: 20 Minuten

ZUTATEN FÜR 2 PORTIONEN

- 250 g Spargel, grün
- 500 ml Gemüsebrühe
- 5 EL Olivenöl
- Pfeffer, Meersalz
- 400 g Vollkorn-Risotto Reis
- 250 g Spargel, weiß

ZUBEREITUNG

1. Erhitzen Sie in einem Topf 2 EL Olivenöl. Geben Sie den Risotto-Reis hinein und dünsten ihn glasig an.
2. Gießen Sie alles nach und nach mit der Gemüsebrühe auf. Warten Sie immer, bis der Reis die Flüssigkeit aufgesogen hat, bevor Sie wieder Brühe hinzugeben.
3. Schälen Sie in der Zwischenzeit den Spargel und entfernen die holzigen Enden. Schneiden Sie den grünen und weißen Spargel anschließend in Stücke.
4. Geben Sie das restliche Öl in eine separate Pfanne und dünsten den Spargel darin an.
5. Geben Sie den Spargel zu dem Risotto und vermischen alles gründlich. Anschließend auf Tellern anrichten und servieren.

KRÄUTER-FRISCHKÄSE-MUFFINS

Zubereitungszeit: 20 Minuten

ZUTATEN FÜR 6 PORTIONEN

- 2 frische Bio-Eier
- 3 EL Olivenöl
- 1 Zwiebel
- 300 g körniger Frischkäse
- 2 TL Backpulver
- 200 g Dinkelmehl
- 1 EL gehackte frische Petersilie
- 3 EL Bio-Frischmilch (1,5 %)
- 1 ½ TL Salz
- ½ Zucchini

ZUBEREITUNG

1. Zwiebel schälen und klein hacken. Die Zucchini waschen und klein raspeln.
2. Geben Sie das Olivenöl zusammen mit den Eiern in einen Rührbecher und mixen alles gründlich durch. Die Zwiebeln, die Zucchini, den körnigen Frischkäse und die Petersilie untermischen.
3. Vermengen Sie in einer separaten Schüssel das Backpulver mit 1 TL Salz und 200 g Dinkelmehl. Heben Sie die Mischung nun unter den Frischkäse-Teig. Rühren Sie noch die Milch unter.
4. Befüllen Sie jetzt die Muffin-Papier-Förmchen mit diesem Teig. In den Backofen stellen und für 15 Minuten bei 200 Grad backen.

SPINAT-GNOCCHI

Zubereitungszeit: 20 Minuten

ZUTATEN FÜR 2 PORTIONEN

- 450 g Spinat (tiefgefroren)
- 2 frische Bio-Eier
- 10 g frischer Salbei
- 250 g Dinkelvollkornbrot
- etwas Meersalz und weißer Pfeffer
- 30 g geriebener junger Gouda
- 2 EL Frischkäse

ZUBEREITUNG

1. Lassen Sie den Spinat auftauen. Anschließend klein hacken und in eine Rührschüssel geben. Den Salbei waschen und ebenfalls klein hacken.
2. Widmen Sie sich nun dem Dinkelbrot und zerbröseln dieses. Geben Sie das Brot und die Eier zu dem Spinat hinzu. Alles mit Pfeffer und Salz würzen. Formen Sie nun aus dem Teig Gnocchi.
3. Erhitzen Sie in einem Topf Wasser. Sobald das Wasser kocht, etwas Salz hinzugeben und vom Herd nehmen. Geben Sie jetzt die Gnocchi hinein und warten solange, bis sie an der Oberfläche schwimmen. Dies dauert normalerweise 5 Minuten. Danach können Sie die Gnocchi herausnehmen.
4. Erhitzen Sie in einer Pfanne den Frischkäse und dünsten die Gnocchi zusammen mit dem Salbei an. Den jungen Gouda darüber streuen und servieren.

FRÜHLINGSZWIEBEL-SALAT MIT REIS

Zubereitungszeit: 10 Minuten

ZUTATEN FÜR 2 PORTIONEN

- 250 g Vollkorn-Reis (gekocht)
- 1 mittelgroßer Apfel
- 2 EL Naturjoghurt
- 10 Radieschen
- 2 Frühlingszwiebeln
- 2 EL natives Olivenöl
- 1 Gurke
- Meersalz, weißer Pfeffer

ZUBEREITUNG

1. Verrühren Sie den Naturjoghurt zusammen mit dem Olivenöl, einer Prise Meersalz und dem weißen Pfeffer zu einem Salatdressing.
2. Schälen Sie nun die Gurke. Schneiden Sie diese der Länge nach durch und entfernen die Kerne. Den Rest in Würfel schneiden. Den Apfel schälen, vom Kerngehäuse befreien und ebenfalls würfeln. Auch die Frühlingszwiebeln putzen und in feine Röllchen schneiden. Die Radieschen putzen, waschen und in dünne Scheiben schneiden.
3. Vermischen Sie nun alle Zutaten mit dem Dressing und lassen Sie den Salat 30 Minuten lang durchziehen.
4. Zum Schluss können Sie gerne nochmals mit ein wenig Salz und Pfeffer abschmecken.

Tipp: Achten Sie darauf, dass Sie überall die Kerne vollständig entfernen. Ansonsten können diese Ihren Darm verletzen.

SÜSSKARTOFFEL-ZUCCHINI-AUFLAUF

Zubereitungszeit: 20 Minuten

ZUTATEN FÜR 4 PORTIONEN

- Salz, Pfeffer
- 4 EL natives Olivenöl
- 2 große Süßkartoffeln
- 600 g Zucchini
- 2 EL Schnittlauchröllchen
- 1 Knoblauchzehe
- 4 EL Quinoa-Flocken
- 2 EL Apfelessig

ZUBEREITUNG

1. Die Zucchini waschen, schälen und klein schneiden. Schälen Sie dann die Süßkartoffeln und schneiden Sie diese in Scheiben. Zusammen mit den Zucchini nun die Süßkartoffeln rund 5-10 Minuten im Salzwasser blanchieren. Abseihen und gut abtropfen lassen.
2. Heizen Sie Ihren Backofen auf 200 Grad vor.
3. Schälen Sie nun den Knoblauch und würfeln Sie ihn fein. Mischen Sie den Knoblauch zusammen mit den Schnittlauchröllchen unter die Quinoa-Flocken. Geben Sie das Olivenöl und den Apfelessig hinzu und schmecken Sie alles mit Pfeffer sowie einer Prise Salz ab.
4. Verteilen Sie die Zucchini mit den Süßkartoffeln in die Gratin-Form und verteilen Sie die Quinoa-Flocken darüber. Im Ofen 15-20 Minuten lang backen.

PILZ-OMELETT

Zubereitungszeit: 15 Minuten

ZUTATEN FÜR 4 PORTIONEN

- 3 frische Bio-Eier
- 1 EL fein gehackte Basilikumblätter
- 1 EL Schnittlauch
- 2 Strauchtomaten
- 1 TL Rapsöl
- Pfeffer
- 2 EL fettarmer Frischkäse
- 300 g Champignons

ZUBEREITUNG

1. Zuerst die Tomaten mit kochendem Wasser übergießen und häuten. Anschließend die Kerne entfernen und klein schneiden.
2. Erhitzen Sie die Pfanne auf die höchste Stufe und legen Sie die Tomaten hinein. Wenn die Tomaten leicht angeschmort sind, nehmen Sie sie vom Herd und drücken Sie sie leicht zusammen, um die Säfte freizugeben.
3. Eier in eine Schüssel geben und mit einer Gabel mischen. Fügen Sie einen kleinen Spritzer Wasser hinzu und mischen Sie alles. Waschen Sie den Schnittlauch und schneiden diesen klein. Zu der Ei-Masse hinzugeben und vermengen.
4. In einer beschichteten Pfanne das Rapsöl bei mittlerer Hitze aufschäumen lassen. Fügen Sie die Pilze hinzu und kochen Sie sie 5-8 Minuten lang, bis sie weich sind. Rühren Sie alle paar Minuten um. Entfernen und beiseitestellen.
5. Die Ei-Mischung kräftig umrühren, dann in die heiße Pfanne geben und etwa 10 Sekunden ruhen lassen. Mit einer Gabel das Ei hier und da vorsichtig umrühren.

6. Während die Ei-Mischung noch etwas locker ist, löffeln Sie die Pilzmischung auf eine Seite des Omeletts und geben Sie den Frischkäse und die Basilikumblätter darauf. Wenn Sie möchten, drehen Sie die andere Seite des Omeletts um. Noch 1 Minute kochen lassen, dann halbieren und jede Hälfte auf einen Teller schieben. Sofort mit den Tomaten servieren.

SALATE & SUPPEN

WÄRMENDE HÜHNERSUPPE

Zubereitungszeit: 15 Minuten

ZUTATEN FÜR 4 PORTIONEN

- 150 g Karotten
- 150 g Staudensellerie
- frisch gehackte Petersilie
- 80 g Porree
- 2 EL natives Olivenöl
- 130 g Vollkornreis
- 1,5 Liter Gemüsebrühe
- 400 g frisches Hühnchenbrustfilet
- Pfeffer, Meersalz

ZUBEREITUNG

1. Waschen Sie zunächst einmal das Fleisch ab und schneiden Sie es in mundgerechte Würfel.
2. Nun das Gemüse schälen, waschen und in dünne Scheiben schneiden.
3. Erhitzen Sie nun das Olivenöl in einem Topf und dünsten Sie das Gemüse 5 Minuten darin an. Gießen Sie nun die Gemüsebrühe hinzu und kochen Sie alles einmal auf.
4. Anschließend den Vollkornreis und die Hähnchen-Würfel hinzugeben. Zugedeckt rund 20 Minuten lang kochen lassen.
5. Schmecken Sie die Suppe zum Schluss noch mit Pfeffer und Salz ab und garnieren Sie vor dem Servieren mit der frisch gehackten Petersilie.

ERFRISCHENDE GURKEN-SUPPE

Zubereitungszeit: 10 Minuten

ZUTATEN FÜR 4 PORTIONEN

- 6 Pfefferminzstiele
- 200 ml reine Buttermilch
- 1 Knoblauchzehe
- Salz, Pfeffer
- 2 Gurken
- 2 Frühlingszwiebeln
- 250 g Naturjoghurt (1,5 %)

ZUBEREITUNG

1. Waschen Sie in einem ersten Schritt die Gurken. Anschließend schälen, halbieren, die Kerne entfernen und klein schneiden. Dann die Pfefferminzstiele waschen, trocken tupfen und fein hacken. Einen Teil für die spätere Garnierung zur Seite stellen.
2. Nun den Knoblauch schälen und ebenfalls fein hacken. Die Frühlingszwiebeln putzen, waschen und in ganz feine Röllchen schneiden.
3. Geben Sie nun die Gurkenstückchen, die fein gehackte Pfefferminze, den Knoblauch und die Frühlingszwiebel-Röllchen gemeinsam mit dem Naturjoghurt sowie der Buttermilch in einen Mixer und mixen Sie alles fein durch.
4. Alternativ können Sie auch alles mit dem Pürierstab fein pürieren. Mit Salz und Pfeffer abschmecken.
5. Verteilen Sie die Gurkensuppe nun auf 2 Schälchen und garnieren Sie mit der zurückgestellten Pfefferminze.

PILZ-SALAT

Zubereitungszeit: 15 Minuten

ZUTATEN FÜR 2 PORTIONEN

- 2 EL Balsamico-Essig
- 1 Schalotte
- 1 EL Pinienkerne
- 150 g Pfifferlinge
- 20 g Rucola
- 130 g Kirschtomaten
- ½ Bund Petersilie
- Pfeffer, Salz, Zucker
- 3 EL Olivenöl

ZUBEREITUNG

1. Die Schalotten schälen und in Ringe schneiden.
2. Die Pfifferlinge putzen und halbieren. Waschen Sie die Tomaten und halbieren diese anschließend.
3. In einer Pfanne 2 EL Olivenöl erhitzen und die Schalotten andünsten. Die Pilze hinzugeben und 2 Minuten ebenfalls andünsten.
4. Waschen Sie den Rucola und die Petersilie.
5. Dünsten Sie in einer separaten Pfanne ohne Zugabe von Fett die Pinienkerne an. Anschließend vom Herd nehmen und kurz zur Seite stellen.
6. Für die Vinaigrette nun das Olivenöl und den Balsamico-Essig miteinander vermengen. Eine Prise Zucker hinzugeben, alles mit Pfeffer und Salz würzen und gut verrühren.

7. Richten Sie auf einem Teller nun die Schalotten, die Pilze, den Rucola und die Petersilie an. Die Tomaten hinzugeben und mit dem Dressing vermengen. Die Pinienkerne als Topping über den Salat geben und servieren.

EXPRESS-GEMÜSE-CREMESUPPE

Zubereitungszeit: 10 Minuten

ZUTATEN FÜR 4 PORTIONEN

- 100 g saure Sahne
- 6 Karotten
- 1 Liter Gemüsebrühe
- 2 EL gehackte Petersilie
- 2 EL gehackter Dill
- 2 EL gehackter Schnittlauch
- 2 Stangen Lauch
- 60 g geschroteter Grünkern
- 1 EL Rapsöl

ZUBEREITUNG

1. Zuerst die Karotten und den Lauch waschen. Die Karotten schälen und klein schneiden. Den Lauch ebenfalls klein schneiden.
2. Erhitzen Sie in einem Topf das Rapsöl und dünsten darin den Grünkern an. Geben Sie das Gemüse nacheinander hinzu.
3. Löschen Sie alles mit der Brühe ab und lassen die Suppe für 30 Minuten bei mittlerer Hitzezufuhr köcheln.
4. Die frische Suppe von der Kochstelle nehmen mit einem Stabmixer zu einer cremigen Suppe pürieren. Etwas Sahne hinzugeben und alles mit Pfeffer und Salz abschmecken.
5. Richten Sie die Suppe nun auf Tellern an und garnieren diese mit den frischen Kräutern. Guten Appetit!

SPARGEL-PILZ-SALAT

Zubereitungszeit: 15 Minuten

ZUTATEN FÜR 4 PORTIONEN

- 50 g Creme fraîche
- 500 g grüner Spargel
- 100 g saure Sahne
- 300 g Champignons
- 2 EL Zitronensaft
- 250 g Kirschtomaten
- 100 g gewürfelter Frühstücksspeck
- ½ Bund Petersilie
- Salz, Pfeffer, etwas Worcestershire Soße

ZUBEREITUNG

1. Zuerst den Spargel waschen. Die Champignons putzen und halbieren. Waschen Sie die Tomaten und halbieren diese ebenfalls.
2. Waschen Sie die Petersilie und hacken sie klein.
3. Geben Sie nun den Zitronensaft mit der sauren Sahne, der Petersilie und Creme fraîche in eine Schüssel. Vermischen Sie alles gründlich. Würzen Sie mit etwas Pfeffer, Salz und Worcestershire Soße.
4. Den Spargel für 10 Minuten bissfest garen und danach in Stücke schneiden. Anschließend abtropfen lassen und mit dem Dressing vermischen.
5. Den gewürfelten Speck in einer Pfanne ohne Fettzugabe andünsten. Anschließend herausnehmen und die Pilze in die Pfanne geben. Anbraten und zum Schluss salzen.

6. Mischen Sie nun die Tomaten mit den Champignons und dem Speck unter den Spargel. Alles auf Tellern anrichten und servieren.

SOMMERLICHER SALAT

Zubereitungszeit: 15 Minuten

ZUTATEN FÜR 2 PORTIONEN

- 2 EL Rapsöl
- 250 g Feldsalat
- 2 EL Weißweinessig
- 1 Zwiebel
- 1 TL Senf
- 2 gekochte Pellkartoffeln (warm)
- 4 EL tiefgefrorene Gartenkräuter (Petersilie, Basilikum)
- Pfeffer, Salz, Zucker

ZUBEREITUNG

1. Waschen Sie zuerst den Salat.
2. Die Zwiebel schälen und in Würfel schneiden.
3. Die Pellkartoffeln schälen und etwas zerdrücken.
4. Geben Sie für das Dressing nun das Öl mit dem Essig und dem Senf in eine Rührschüssel. Alles gründlich verrühren. Die Kräuter hinzugeben und mit Pfeffer, Salz und 1 Prise Zucker würzen.
5. Geben Sie die Zwiebel und die Kartoffeln zusammen zum Dressing hinzu. Mischen Sie alles gründlich unter. Den Salat ebenfalls hinzugeben und alles auf Tellern anrichten und servieren.

ZUCCHINI-SUPPE MIT LACHS-TATAR

Zubereitungszeit: 30 Minuten

ZUTATEN FÜR 2 PORTIONEN

- 2 Schalotten
- 500 g Zucchini
- 1 Knoblauchzehe
- 2 EL natives Olivenöl
- 1 Liter Gemüsebrühe
- 100 g Sahne
- Salz
- frisch geriebene Muskatnuss
- 100 g Räucherlachs
- frische Schnittlauchröllchen zum Garnieren

ZUBEREITUNG

1. Schälen Sie den Knoblauch und die Schalotten. Hacken Sie die Schalotten dann schön fein und pressen Sie den Knoblauch durch die Knoblauchpresse.
2. Putzen Sie die Zucchini, waschen Sie diese und schneiden Sie diese schön klein.
3. Erhitzen Sie nun in einem Topf das Olivenöl und dünsten Sie darin den gepressten Knoblauch sowie die fein gewürfelten Schalotten an.
4. Fügen Sie die Zucchini-Stücke hinzu und dünsten Sie diese 2 bis 5 Minuten lang mit.
5. Löschen Sie nun alles mit der Gemüsebrühe ab und geben Sie die Sahne mit hinzu. Lassen Sie die Suppe nun zugedeckt 10 Minuten lang köcheln.

6. Würzen Sie nun noch mit Salz, wenn Sie möchten mit einer Prise Pfeffer sowie mit einer Prise frisch geriebener Muskatnuss.
7. Pürieren Sie die Suppe nun mit dem Stabmixer schön cremig durch. Pürieren Sie auch den Lachs.
8. Richten Sie die Suppe auf Tellern an und geben Sie das Lachstatar darüber.
9. Zum Schluss noch mit den feinen Schnittlauchröllchen garnieren.

Tipp: Probiotischer Joghurt und ballaststoffreiche Leinsamen sind optimal für Ihren Darm!

BALLASTSTOFFREICHER MEDITERRANER SALAT

Zubereitungszeit: 15 Minuten

ZUTATEN FÜR 2 PORTIONEN

- 1 EL Butter
- 150 g Zuckerschoten
- 2 EL Balsamico-Essig
- 150 g Karotten
- ½ Knoblauchzehe
- 1 EL Pinienkerne
- ½ Bund Basilikum
- Pfeffer, Salz, Zucker
- 1 EL Olivenöl

ZUBEREITUNG

1. Waschen Sie zuerst die Zuckerschoten gründlich ab. Anschließend in einen Topf mit etwas gesalzenem Wasser geben, aufkochen und 2 Minuten blanchieren.
2. Schälen Sie die Karotten und schneiden sie in Scheiben.
3. Erhitzen Sie in einer Pfanne die Butter und dünsten die Karotten darin 5 Minuten an.
4. Die Pinienkerne in einer separaten Pfanne ohne eine Zugabe von Fett rösten.
5. Waschen Sie die Basilikumblätter und lassen sie kurz abtropfen.
6. Widmen Sie sich nun dem Dressing. Schälen Sie hierfür den Knoblauch und hacken diesen klein. Den Essig mit dem Olivenöl vermengen und mit Pfeffer und Salz würzen. Geben Sie noch etwas Zucker hinzu, damit das Dressing nicht zu säuerlich ist.

7. Geben Sie nun die Zuckerschoten zusammen mit den Karotten, den Pinienkernen und dem Basilikum in Salatschälchen. Das Dressing darüber verteilen, alles vermengen und servieren.

SÜSSKARTOFFEL-CREME-SUPPE

Zubereitungszeit: 20 Minuten

ZUTATEN FÜR 4 PORTIONEN

- 100 ml frische Sahne
- 2 große Süßkartoffeln
- 750 ml Gemüsebrühe
- 2 TL Kurkumapulver
- 2 EL natives Olivenöl
- Meersalz, weißer Pfeffer

ZUBEREITUNG

1. Schälen Sie die Süßkartoffeln und schneiden Sie diese in grobe Stücke.
2. Erhitzen Sie nun einem Suppentopf das Olivenöl und braten Sie darin die Süßkartoffeln 3-4 Minuten lang an.
3. Gießen Sie nun die Brühe hinzu und geben Sie das Kurkumapulver hinein. Lassen Sie die Süßkartoffeln darin nun eine Viertelstunde lang köcheln.
4. Ziehen Sie dann den Topf vom Herd und pürieren Sie die Suppe mit dem Stabmixer. Geben Sie zum Schluss noch die Sahne hinzu und schmecken Sie nach Ihrem eigenen Geschmack mit Meersalz und weißem Pfeffer ab. Sollte die Suppe zu dickflüssig sein, können Sie noch ein wenig heiße Brühe hinzugeben.

FRUCHTIGE TOMATEN-CREME-SUPPE

Zubereitungszeit: 15 Minuten

ZUTATEN FÜR 4 PORTIONEN

- 1 Zwiebel
- Salz, Pfeffer
- 2 Knoblauchzehen
- 100 ml süße Sahne
- 4 Karotten
- 2 EL Sesamsamen
- 1 Dose Tomaten
- 1 EL Olivenöl
- 250 ml Gemüsebrühe
- ½ TL Thymian

ZUBEREITUNG

1. Schälen Sie zuerst die Zwiebel und den Knoblauch. Beides fein hacken. Waschen Sie die Karotte. Schälen Sie diese und schneiden sie klein.
2. Erhitzen Sie in einem Topf das Olivenöl und dünsten darin die Karotten an. Nach und nach noch den Knoblauch und die Zwiebelwürfel hinzugeben und alles glasig andünsten.
3. Geben Sie die Brühe und die Tomaten aus der Dose hinzu und rühren alles kräftig um. Den Thymian hineingeben und alles für 20 Minuten bei moderater Hitzezufuhr köcheln lassen.
4. Rösten Sie in der Zwischenzeit in einer Pfanne die Sesamsamen ohne Fettzugabe an. Anschließend herausnehmen und zur Seite stellen.

5. Die fertige Suppe nun mit einem Pürierstab zu einer cremigen Konsistenz pürieren. Die Sahne hinzugeben und alles mit Pfeffer und Salz würzen.
6. Verteilen Sie die Suppe nun auf Tellern und geben etwas Sesam darüber. Guten Appetit!

DARMFREUNDLICHE SUPPE

Zubereitungszeit: 15 Minuten

ZUTATEN FÜR 2 PORTIONEN

- 500 g Steckrüben
- 1 Bund frische Petersilie
- 250 g Pastinaken
- Prise Meersalz
- 150 g Möhren
- 1,5 Liter Gemüsebrühe
- 2 TL Rapsöl

ZUBEREITUNG

1. Zunächst einmal die Möhren, die Pastinaken und die Steckrüben schälen und in kleine Stücke schneiden.
2. Anschließend die Gemüsestücke in einen Kochtopf geben und mit 1,5 Liter Wasser aufgießen. Nun 6 TL der Gemüsebrühe sowie 1 TL Rapsöl hinzugeben. Alles aufkochen lassen.
3. Lassen Sie die Suppe ungefähr 40–45 Minuten lang köcheln, bis das ganze Gemüse schön weich gekocht ist. Nun noch eine Prise Meersalz hinzugeben.
4. Waschen Sie nun die Petersilie, schütteln Sie sie trocken und hacken Sie sie ganz fein. In die Suppe hinzugeben.
5. Die Suppe anrichten und genießen.

Tipp: Sie können diese Suppe gerne auch pürieren, dann wird sie noch magen- und darmfreundlicher.

MÖHREN-SALAT

Zubereitungszeit: 15 Minuten

ZUTATEN FÜR 2 PORTIONEN

- 2 EL Apfelessig
- 1 große Salatgurke
- 2 EL Olivenöl
- 250 g Karotten
- 2 g Strauchtomaten
- Meersalz, weißer Pfeffer

ZUBEREITUNG

2. Waschen Sie zuerst die Salatgurke, halbieren Sie sie der Länge nach und entfernen die Kerne. Anschließend klein schneiden und etwas salzen. Gut durchrühren und ziehen lassen.
3. Nun die Karotten schälen, waschen und fein raspeln. Die Tomaten waschen, schälen, die Kerne und den Strunk entfernen und klein schneiden.
4. Verrühren Sie nun das Olivenöl mit dem Apfelessig, einer Prise Salz und Pfeffer zu einem feinen Dressing.
5. Drücken Sie die Gurkenscheiben nochmals aus und geben Sie sie zu den Tomaten und den Karotten. Alles gut miteinander mischen. Geben Sie nun das Dressing über den Salat, alles vermischen und servieren.

ERDNUSS-SUPPE

Zubereitungszeit: 30 Minuten

ZUTATEN FÜR 2 PORTIONEN

- 150 g Erdnüsse
- 750 ml Gemüsebrühe
- 250 g saure Sahne
- 250 ml Milch
- 2 Frühlingszwiebeln
- nicht jodiertes Speisesalz
- 100 g Erdnussbutter

ZUBEREITUNG

2. Hacken Sie die Erdnüsse ganz fein und rösten Sie diese dann fettfrei in einer beschichteten Pfanne an. Geben Sie die gerösteten Erdnusskerne dann in einen Topf und bringen Sie diese zusammen mit der Erdnussbutter, der sauren Sahne, der Milch sowie der Gemüsebrühe zum Kochen.
3. Reduzieren Sie dann die Temperatur und lassen Sie die Suppe bei mittlerer Hitzezufuhr eine Viertelstunde lang köcheln.
4. Putzen Sie zwischenzeitlich die beiden Frühlingszwiebeln und schneiden Sie diese in feine Röllchen.
5. Würzen Sie nun noch die Suppe mit dem Salz und richten Sie diese dann in zwei Tellern an.
6. Zum Schluss noch mit den Frühlingszwiebel-Röllchen garnieren.

Tipp: Diese Suppe enthält wertvolle mehrfach ungesättigte Fette, die sich vor allem in den Erdnusskernen sowie der Erdnussbutter finden. Somit ist die Suppe nicht nur darmfreundlich, sondern auch figurfreundlich.

DESSERTS

FLUFFIGE LEINSAMEN-WAFFELN

Zubereitungszeit: 20 Minuten

ZUTATEN FÜR 8 WAFFELN

- 2 frische Bio-Eier
- 8 EL Bio-Frischmilch (1,5 %)
- 80 ml Rapsöl
- ½ TL Backpulver
- 50 g Zucker
- 2 EL Leinsamen
- 150 g Dinkelmehl (Type 1150)
- 60 g Getreideflocken

ZUBEREITUNG

1. Geben Sie den Zucker mit dem Rapsöl und den Eiern in eine Rührschüssel und schlagen alles schaumig. Die Leinsamen, das Mehl, die Getreideflocken und das Backpulver hinzugeben und verrühren.
2. Die Milch untermischen, bis der Teig eine geschmeidige Konsistenz erreicht hat.
3. Heizen Sie nun ein Waffeleisen vor und backen nach und nach die Waffeln aus.

BERRY-BALLS

Zubereitungszeit: 15 Minuten

ZUTATEN FÜR 25 BÄLLCHEN

- 250 g Haferflocken kernig
- 100 g Heidelbeeren
- 150 g Johannisbeeren

ZUBEREITUNG

1. Heizen Sie den Backofen auf 180 Grad Ober- und Unterhitze vor.
2. Hacken Sie nun die Haferflocken schön fein: Verwenden Sie dafür gerne eine Küchenmaschine oder einen Multi-Zerkleinerer.
3. Waschen Sie nun die Früchte und geben Sie sie zu den Haferflocken hinzu. Nochmals gut durchmixen.
4. Fügen Sie nun vorsichtig und schrittweise ein wenig Wasser hinzu, sodass eine leicht klebrige Masse entsteht. Achten Sie aber darauf, nicht zu viel Wasser hinzuzugeben. Hier ist das eigene Augenmaß also sehr wichtig.
5. Formen Sie nun aus dieser Masse 25 Kugeln und legen Sie diese auf ein mit Backpapier ausgelegtes Blech.
6. Schließlich die Kugeln im Ofen 60 Minuten lang backen und zwischendurch immer wieder wenden.

FRUCHTIGES-QUARK-DESSERT

Zubereitungszeit: 15 Minuten

ZUTATEN FÜR 4 PORTIONEN

- 100 g Heidelbeeren
- 250 g Speisequark (Magerstufe)
- 80 g Rohrzucker
- 200 g Kirschen
- 250 g Naturjoghurt (1,5 %)
- 150 ml Wasser

ZUBEREITUNG

1. Waschen Sie zuerst die Kirschen und entsteinen sie. Legen Sie ein paar Kirschen für die Garnitur zur Seite. Die Heidelbeeren waschen.
2. Bringen Sie nun die übrigen Früchte mit 30 g Zucker in einem Topf zum Kochen. Anschließend mit dem Pürierstab zu einer feinen Creme pürieren. Lassen Sie den Sirup weiterköcheln, bis dieser etwas angedickt ist.
3. Verrühren Sie in der Zwischenzeit den Quark mit dem Naturjoghurt und dem restlichen Zucker.
4. Schichten Sie nun in einem Glas abwechselnd die Quark-Creme und die Kirschgrütze. Zum Schluss die restlichen Kirschen als Garnitur darüberlegen und servieren.

SOMMER-SORBET

Zubereitungszeit: 10 Minuten

ZUTATEN FÜR 4 PORTIONEN

- 3 EL Mandelmus
- 300 g frische Heidelbeeren
- 1 EL Agavendicksaft

ZUBEREITUNG

1. Waschen Sie zuerst die Heidelbeeren.
2. Vermengen Sie die frischen Früchte anschließend mit dem Mandelmus und dem Agavendicksaft und pürieren alles zu einer feinen Creme.
3. Das Sorbet nun in Schalen füllen und in den Gefrierschrank geben. Alternativ können Sie das Dessert auch als Fruchtmus verwenden und dies nicht gefrieren.

GEEISTER ZIMT-TRAUM

Zubereitungszeit: 10 Minuten

ZUTATEN FÜR 4 PORTIONEN

- 3 frische Bio-Eier
- 400 ml Sahne
- 1 ½ TL Zimt
- 120 g Rohrzucker

ZUBEREITUNG

1. Schlagen Sie die Eier mit dem Zucker schaumig.
2. Rühren Sie das Zimtpulver ein und vermischen alles gründlich miteinander.
3. Geben Sie die Sahne in eine Rührschüssel, schlagen diese steif und heben sie anschließend unter das Zimt-Dessert.
4. Legen Sie eine Kastenform mit Frischhaltefolie aus und füllen das Zimtdessert hinein. Alles für 4 Stunden in den Gefrierschrank geben und anschließend in Schälchen füllen.
5. Nehmen Sie das Parfait 30 Minuten vor dem Verzehr aus dem Gefrierfach und genießen Sie dieses halbgefroren.

BEEREN-CHIA-DESSERT

Zubereitungszeit: 15 Minuten

ZUTATEN FÜR 2 PORTIONEN

- 250 ml Mandelmilch (ungesüßt)
- 1 TL flüssiger Bio-Honig
- 1 EL Kokosflocken
- 200 g Erdbeeren
- 1 ½ EL Chiasamen

ZUBEREITUNG

1. Vermengen Sie zuerst in einer Schüssel die Chiasamen mit der Mandelmilch. Geben Sie noch den Honig hinzu und lassen Sie die Chia-Mischung für 15 Minuten quellen. Rühren Sie zwischendurch immer wieder um, damit keine Klumpen entstehen.
2. Waschen Sie die Erdbeeren, entfernen den Strunk und schneiden sie in Scheiben. Geben Sie 2/3 davon mit den Kokosflocken in eine Rührschüssel und pürieren das Fruchtfleisch fein.
3. Verteilen Sie nun das Erdbeer-Mus auf zwei Gläser, geben den Chiapudding darüber. Die übrigen Erdbeer-Würfel als Garnitur auf dem Dessert verteilen und servieren.

WOLKENTRÄUMER „QUARK-MOUSSE“

Zubereitungszeit: 10 Minuten

ZUTATEN FÜR 4 PORTIONEN

- 300 g Kirschen
- 200 g Frischkäse
- 200 g Sahne
- 150 g Quark
- 70 g Rohrzucker

ZUBEREITUNG

1. Waschen und entsteinen Sie zuerst die Kirschen. Pürieren Sie diese anschließend zu feinem Fruchtpüree und stellen diese zur Seite.
2. Heben Sie das Fruchtpüree unter den Frischkäse und den Quark.
3. Schlagen Sie die Sahne steif und heben diese ebenfalls unter die Quark-Mischung.
4. Stellen Sie das Kirschmousse nun bis zum Servieren in den Kühlschrank.

Tipp: Achten Sie unbedingt darauf, dass Sie die Kirschen entkernen. Ansonsten kann dies zu Problemen im Darm führen und dieser kann verletzt werden.

SELBSTGEMACHTES APFELMUS

Zubereitungszeit: 10 Minuten

ZUTATEN FÜR 4 PORTIONEN

- 50 ml Wasser
- 4 Bio-Äpfel

ZUBEREITUNG

1. Schälen Sie zuerst die Äpfel und entfernen das Kerngehäuse. Anschließend klein schneiden und mit dem Wasser in den Topf geben.
2. Kochen Sie die Äpfel auf und lassen alles für 15 Minuten bei schwacher Hitze köcheln.
3. Das Fruchtmus herausnehmen, fein pürieren und servieren.

Tipp: Entfernen sie unbedingt die kompletten Kerne aus den Äpfeln. Gerade bei Divertikulitis ist dies für Ihre Darmgesundheit wichtig.

QUARK-HEIDELBEER-PFANNKUCHEN

Zubereitungszeit: 20 Minuten

ZUTATEN FÜR 4 PORTIONEN

- 2 frische Bio-Eier
- 125 g Dinkelmehl
- 1 TL Backpulver
- 1 TL Zimt
- 50 g Speisequark (Magerstufe)
- 3 EL Rohrzucker
- 125 ml Bio-Frischmilch (1,5 %)
- 300 g Heidelbeeren
- 1 Prise Salz
- 1 EL Kokosöl

ZUBEREITUNG

1. Geben Sie zuerst das Backpulver mit dem Mehl, der Milch und dem Salz in eine Schüssel. Vermischen Sie alles gründlich miteinander. Den Quark untermengen und nochmals vermischen.
2. Waschen Sie die frischen Heidelbeeren und mischen sie unter den Teig.
3. Erhitzen Sie das Kokosöl in einer Pfanne und backen die Pfannkuchen darin für 5 Minuten von jeder Seite aus.
4. Zum Schluss Zucker und Zimt miteinander vermengen und über die Beeren-Pfannkuchen geben.

EXOTISCHES OFEN-DESSERT

Zubereitungszeit: 10 Minuten

ZUTATEN FÜR 4 PORTIONEN

- 1 EL Rohrzucker
- 60 ml Sahne
- 1 frisches Bio-Ei
- 1 Mango
- etwas Puderzucker zum Bestäuben

ZUBEREITUNG

1. Schälen Sie zuerst die frische Mango. Entnehmen Sie das Fruchtfleisch und schneiden dies in Stücke.
2. Vermengen Sie in einer Schüssel den Zucker mit dem Ei. Geben Sie nach und nach die Sahne hinzu und mixen alles gründlich durch.
3. Wählen Sie jetzt 4 ofenfeste Förmchen und geben die Mango dort hinein. Die Sahne-Mischung darüber geben und die Schälchen in den Backofen stellen.
4. Backen nun alles für 20–25 Minuten bei 175 Grad.
5. Zum Schluss herausnehmen und etwas Puderzucker darüber streuen.

SAFTIGER BEEREN-SONNTAGSKUCHEN

Zubereitungszeit: 20 Minuten

ZUTATEN FÜR 1 KUCHEN

- 2 frische Bio-Eier
- 50 g gemahlene Mandeln
- 60 g Rohrzucker
- 1 Pck. Vanillezucker
- 1 TL weiche Butter
- 110 ml Buttermilch
- 1 TL Backpulver
- ½ TL Natron
- 100 g Dinkelmehl
- 60 g Puderzucker
- 150 ml Rapsöl
- 15 g Speisestärke
- 100 g Himbeeren

ZUBEREITUNG

1. Zuerst die Eier mit dem Zucker, dem Mehl, den Mandeln, dem Backpulver, der Speisestärke, dem Öl, dem Natron und 80 ml Buttermilch vermengen.
2. Die Himbeeren waschen und mit einem Pürierstab zu einem Mus verarbeiten. Durch ein Sieb streichen und unter den Teig mischen.
3. Geben Sie den Teig nun in eine gefettete Kuchenform und backen diesen bei 180 Grad für 35 Minuten. Den Kuchen herausnehmen und für 5 Minuten abkühlen lassen.

4. In der Zwischenzeit können Sie die restliche Buttermilch mit dem Puderzucker vermischen und über den Kuchen streichen und genießen.

BEEREN-MUFFINS FÜR SÜSSE MOMENTE

Zubereitungszeit: 20 Minuten

ZUTATEN FÜR 12 MUFFINS

- 250 ml Buttermilch
- 2 TL Weinstein-Backpulver
- 100 g Rohrzucker
- 200 g frische Heidelbeeren
- 2 frische Bio-Eier
- 300 g Dinkelmehl
- 1 TL Natron
- 100 ml Rapsöl

ZUBEREITUNG

1. Die Eier zusammen mit dem Zucker in eine Schüssel geben. Für 3 Minuten schaumig schlagen.
2. Rühren Sie nach und nach die Buttermilch und das Rapsöl unter. Vermengen Sie in einer separaten Schüssel das Dinkelmehl mit dem Weinstein-Backpulver und dem Natron und geben das Gemisch unter den Buttermilch-Teig.
3. Waschen Sie nun die Heidelbeeren und mengen diese unter den frischen Teig.
4. Legen Sie eine Muffin-Backform mit Förmchen aus und geben den Teig hinein.
5. Backen Sie die frischen Muffins für 20 Minuten bei 180 Grad.

FLUFFIGE HIRSE-PUFFER

Zubereitungszeit: 20 Minuten

ZUTATEN FÜR 4 PORTIONEN

- 2 EL Kokosblütenzucker
- 500 ml Salzwasser
- Mark einer Vanilleschote
- 250 g Hirse
- 150 g Speisequark (Magerstufe)
- 2 EL Zitronensaft
- 1 frisches Bio-Ei
- 125 ml Wasser
- 6 EL Haferflocken
- 4 EL Agavendicksaft
- 4 Äpfel
- 1 Rosmarinzweig
- Rapsöl zum Ausbacken

ZUBEREITUNG

1. Geben Sie die Hirse zuerst in ein Sieb und spülen sie kräftig ab. Anschließend in das Salzwasser geben und für 15 Minuten bei geringer Hitzezufuhr köcheln lassen. Danach etwas auskühlen lassen.
2. Fügen Sie nun die Haferflocken, das Ei, den Quark, das Vanillemark und den Zucker hinzu und vermengen alles gründlich. Formen Sie aus diesem Teig die Puffer.
3. Erhitzen Sie in einer Pfanne das Öl und backen darin die Puffer je 3 Minuten aus.

4. Die Äpfel in der Zwischenzeit waschen und die Kerne entfernen. Anschließend in Spalten schneiden. Die Rosmarinnadeln etwas klein hacken.

5. Geben Sie den Agavendicksaft in eine Pfanne und karamellisieren die Äpfel und den Rosmarin darin. Mit dem Zitronensaft und Wasser ablöschen und 5 Minuten köcheln lassen.

6. Die Hirsepuffer auf Teller geben und mit dem Karamell servieren.

BUTTERMILCH-WAFFELN

Zubereitungszeit: 10 Minuten

ZUTATEN FÜR 6 PORTIONEN

- 100 g Quark oder Frischkäse
- 3 frische Bio-Eier
- 225 ml Buttermilch
- 1 Prise Salz
- 40 g Rohrzucker
- 200 g Dinkelmehl

ZUBEREITUNG

1. Geben Sie zuerst den Quark mit dem Zucker und dem Salz in eine Rührschüssel und schlagen alles 5 Minuten schaumig.
2. Mischen Sie die Buttermilch und die Eier nach und nach hinzu und rühren alles gründlich durch. Das Mehl nun nacheinander ebenfalls untermischen und zu einem glatten Teig verrühren.
3. Heizen Sie das Waffeleisen vor und fetten dies etwas mit Butter ein.
4. Backen Sie nacheinander die Waffeln aus und servieren diese noch warm.

GEGRILLTE BIRNEN MIT RICOTTA

Zubereitungszeit: 15 Minuten

ZUTATEN FÜR 2 PORTIONEN

- 8 EL Ricotta
- 1 TL Zimt
- 4 Birnen
- 3 EL Akazienhonig
- 1 EL gehobelte Zartbitterschokolade mit einem Kakaoanteil von mind. 80 %

ZUBEREITUNG

1. Heizen Sie in einem ersten Schritt Ihren Grill auf. Falls Sie keinen Grill haben, können Sie natürlich auch die Grillfunktion Ihres Backofens verwenden.
2. Rühren Sie den Ricotta schön glatt und geben Sie den Akazienhonig sowie das Zimtpulver hinein.
3. Waschen Sie nun die Birnen, tupfen Sie diese trocken und vierteln Sie sie. Entfernen Sie nun sorgfältig das Kerngehäuse und achten Sie bitte darauf, dass keine Kerne mehr in der Frucht zurückbleiben.
4. Garen Sie nun die Birnen auf dem heißen Grill-Rost rund drei Minuten lang.
5. Richten Sie die Birnen dann auf Tellern an und geben Sie den Ricotta darüber.
6. Zum Schluss noch mit der gehobelten Zartbitterschokolade garnieren.

Tipp: Dieses herrlich bittersüße Dessert tut nicht nur Ihrem Darm gut, sondern rundet auch ein Hauptgericht bestens ab.

FRUCHT-GRÜTZE

Zubereitungszeit: 15 Minuten

ZUTATEN FÜR 2 PORTIONEN

- 40 ml Kirschsaft
- 200 g Himbeeren
- 100 g Rote Johannisbeeren
- 200 ml Wasser
- 10 g Speisestärke
- 1 Zimtstange
- 100 g Kirschen
- 1 EL Agavendicksaft

ZUBEREITUNG

1. Waschen Sie die Beeren. Die Kirschen ebenfalls waschen und entsteinen.
2. Geben Sie nun 200 ml Wasser in einen Topf. Die Zimtstange und die Beeren hinzugeben und alles 5 Minuten köcheln lassen. Passieren Sie nun alles durch ein Sieb, damit keine Kerne mehr vorhanden sind.
3. Verrühren Sie die Speisestärke in der Zwischenzeit mit dem Kirschsaft und mischen es unter das Frucht-Püree. Nochmals kurz erhitzen, bis die Soße etwas andickt.
4. Entfernen Sie die Zimtstange und geben noch etwas Agavendicksaft hinzu. Alles miteinander verrühren und im Kühlschrank aufbewahren.

BANANEN-CREME

Zubereitungszeit: 5 Minuten

ZUTATEN FÜR 2 PORTIONEN

- 1 Bio-Banane
- 300 g Speisequark (Magerstufe)
- 50–100 ml Wasser
- 1 Handvoll gemahlene Walnüsse
- 3 EL Leinöl
- 3 TL Ahornsirup

ZUBEREITUNG

1. Für dieses Dessert zuerst den Quark mit dem Leinöl verrühren. Geben Sie 50 ml Wasser hinzu und vermischen alles zu einer Creme. Falls notwendig, können Sie noch etwas Wasser zugeben, bis die gewünschte Konsistenz erreicht ist.
2. Schälen Sie die Banane und schneiden sie in Scheiben.
3. Geben Sie die Nüsse und den Ahornsirup unter den Quark. Die Bananenscheiben untermischen und verrühren.
4. Alles in Dessertschälchen anrichten und servieren.

FRUCHTIGE COCONUT-PARADIES-CREME

Zubereitungszeit: 5 Minuten

ZUTATEN FÜR 2 PORTIONEN

- 1 EL Kokosflocken
- 1 Mango
- 2 EL Bio-Frischmilch (1,5 %)
- 300 g Speisequark (Magerstufe)
- 10 g Mandelmus

ZUBEREITUNG

1. Schälen Sie zuerst die Mango und entfernen den Kern. Anschließend klein schneiden.
2. Geben Sie den Magerquark und die Milch in eine Rührschüssel. Mischen Sie das Mandelmus und die Kokosflocken unter. Mischen Sie die Hälfte der Mango Stücke unter.
3. Richten Sie nun alles auf Schälchen an und geben die übrige Mango darüber.

KALTE KIRSCH-BOWLE

Zubereitungszeit: 15 Minuten

ZUTATEN FÜR 4 PORTIONEN

- 500 ml Johannisbeersaft
- 4 EL gemahlene Nüsse
- 300 g Kirschen
- 2 EL Rohrzucker
- 50 g Crème fraîche
- 1 TL Agar Agar
- ½ TL geriebene Zitronenschale
- 250 g Speisequark (Magerstufe)

ZUBEREITUNG

1. Waschen Sie die Kirschen und entsteinen sie.
2. Bringen Sie den Johannisbeersaft in einem Topf zum Kochen. Geben Sie die Kirschen und das Agar Agar hinzu und lassen alles aufkochen. Den Topf von der Kochstelle nehmen und auf 4 Dessertschalen verteilen. Alles für 30 Minuten auskühlen lassen und anschließend weitere 30 Minuten in den Kühlschrank stellen.
3. In der Zwischenzeit den Quark mit dem Zucker, der Crème fraîche und der Zitronenschale vermengen. Die Nüsse untermischen und alles gründlich verrühren. Anschließend ebenfalls in den Kühlschrank stellen.
4. Geben Sie kurz vor dem Servieren je 2 Quark-Löffel auf die Kaltschale.

FRISCHE JOGHURTKREATION

Zubereitungszeit: 20 Minuten

ZUTATEN FÜR 2 PORTIONEN

- 2 Birnen
- 2 reife Pfirsiche
- 2 EL Saft einer Bio-Zitrone
- 1 EL flüssiger Lindenblütenhonig
- Prise Zimtpulver
- 600 g Bio-Naturjoghurt (1,5 % Fett)
- 1 Msp. Ingwerpulver (optional)

ZUBEREITUNG

1. Schälen Sie die Birnen, entkernen Sie diese und schneiden Sie diese dann in Würfel.
2. Nun die Pfirsiche kurz mit heißem Wasser übergießen, dann schälen, vom Kern befreien und ebenfalls würfeln.
3. Träufeln Sie nun den Saft der Bio-Zitrone über die Obstwürfel, rühren Sie gut um und lassen Sie den Zitronensaft mit dem Obst eine gute Viertelstunde lang durchziehen.
4. Geben Sie nun den Naturjoghurt in eine Schüssel und fügen Sie den Lindenblütenhonig, das Zimtpulver und wenn Sie es gut vertragen das Ingwerpulver hinzu. Alles gut miteinander vermengen.
5. Richten Sie nun die Fruchtwürfel in zwei Schälchen an und geben Sie den Naturjoghurt darüber.

Tipp: Kefir, Naturjoghurt, Buttermilch & Co. sind eine wahre Wohltat für die guten Darmbakterien. Zusammen mit den Ballaststoffen aus dem Obst haben Sie hier eine ideale, darmfreundliche Mahlzeit.

KIWI-QUARK MIT BITTERMANDELMAKRONEN

Zubereitungszeit: 30 Minuten

ZUTATEN FÜR 2 PORTIONEN

- 300 g Magerquark
- 2 Prisen Zimt
- 2 EL Akazienhonig
- 4 reife Kiwis
- 100 g Bittermandelmakronen (Amarettini)

ZUBEREITUNG

1. Beginnen Sie damit, die Amarettini ganz fein zu hacken.
2. Geben Sie nun den Magerquark in eine Küchenschüssel und rühren Sie ihn zusammen mit den Amarettini, dem Zimt und dem Akazienhonig schön glatt.
3. Schälen Sie nun die Kiwis und würfeln Sie diese.
4. Füllen Sie nun 2 EL der Kiwi-Würfel in Dessertgläser und geben Sie die restlichen Kiwis unter die Quark-Amarettini-Masse.
5. Den Kiwi-Quark nun auf die zwei Gläser verteilen und ein wenig kühl stellen.

Tipp: Quark ist ein probiotisches Nahrungsmittel. In Mandeln stecken wertvolle Ballaststoffe und kostbare Fettsäuren! Genießen Sie gerne diesen darmfreundlichen Snack.

FLUFFIGE-BUTTERMILCH-CREME

Zubereitungszeit: 15 Minuten

ZUTATEN FÜR 4 PORTIONEN

- 150 ml reine Buttermilch
- 250 g Himbeeren
- ½ TL Agar Agar
- 125 ml Sahne
- 25 g Puderzucker
- Etwas Pfefferminz-Blätter

ZUBEREITUNG

1. Lösen Sie den Agar-Agar nach Anleitung auf.
2. Geben Sie diesen anschließend in die Buttermilch und rühren den Puderzucker unter.
3. Schlagen Sie die Sahne cremig und heben sie diese vorsichtig unter die Buttermilch.
4. Füllen Sie das Dessert nun in 4 Schälchen und stellen alles für 20 Minuten in den Kühlschrank.
5. Die Himbeeren in der Zwischenzeit waschen und durch ein Sieb streichen. Das Fruchtmus auf der Buttermilch-Creme garnieren. Die Pfefferminz-Blätter waschen und als Highlight auf der Mousse platzieren. Guten Appetit!

SNACKS / BEILAGEN

LEINSAMEN-HAFERFLOCKEN-CRACKER

Zubereitungszeit: 15 Minuten

ZUTATEN FÜR 4 PORTIONEN

- 40 g Leinsamen, geschrotet
- 1 TL Salz
- 75 g Reismehl
- 4 EL Olivenöl
- 100 g kernige Haferflocken
- 60 g Mandelmehl

ZUBEREITUNG

1. Vermengen Sie in einer Schüssel das Reismehl, das Mandelmehl, die Leinsamen, die Haferflocken und das Salz miteinander. Geben Sie das Olivenöl hinzu und verrühren alles zu einem glatten Teig.
2. Rollen Sie den Teig nun zwischen zwei Frischhaltefolien aus und schneiden 40 Stücke daraus. Legen Sie diese auf ein mit Backpapier belegtes Backblech.
3. Backen Sie die Cracker anschließend bei 225 Grad im Ofen für 10 Minuten. Anschließend herausnehmen und auskühlen lassen.

Tipp: Für ein mediterranes Flair können Sie noch etwas Schnittlauch oder Basilikum hinzugeben.

MÖHREN-DIP

Zubereitungszeit: 10 Minuten

ZUTATEN FÜR 2 PORTIONEN

- 2 EL frischer, gehackter Schnittlauch
- 1 Gurke
- etwas Meersalz und weißer Pfeffer
- 200 g körniger Frischkäse
- 1 Möhre

ZUBEREITUNG

1. In einem ersten Schritt die Möhre und die Gurke waschen. Die Möhre schälen und raspeln. Die Gurke schälen, halbieren und die Kerne entfernen. Anschließend ebenfalls klein raspeln.
2. Geben Sie den körnigen Frischkäse in eine Schüssel und würzen alles mit Pfeffer und Salz.
3. Den Schnittlauch unter den Frischkäse mengen. Möhren und Gurken hinzugeben, gründlich vermengen und servieren.

ERFRISCHENDES MINZ-CHUTNEY FÜR ZWISCHENDURCH

Zubereitungszeit: 15 Minuten

ZUTATEN FÜR 4 PORTIONEN

- 1 Ingwerstück (bis 4 cm)
- 1 Knoblauchzehe
- 2 frische Frühlingszwiebeln
- Meersalz, Pfeffer
- 1 EL brauner Zucker
- 4 frische Pfefferminzstängel
- 2 EL Olivenöl
- 100 ml Wasser

ZUBEREITUNG

1. Putzen und waschen Sie erst einmal die Frühlingszwiebeln und schneiden Sie vor allem den grünen Teil in Stücke. Nun auch den Ingwer und die Knoblauchzehe schälen und ganz fein hacken.
2. Nun die Pfefferminze waschen, die Blätter von den Stielen zupfen und ganz fein hacken.
3. Geben Sie nun den fein gehackten Knoblauch, den Ingwer, die gehackten Minze-Blätter, die Frühlingszwiebeln und den braunen Zucker zusammen mit dem Olivenöl und 100 ml Wasser in einen Standmixer und pürieren Sie alles zu einer cremigen Paste. Zum Schluss noch mit Pfeffer und Meersalz abschmecken.
4. Füllen Sie das Chutney in ein gut verschließbares Glas und lassen Sie es einige Stunden lang durchziehen.

KRÄUTER-SÜSSKARTOFFEL-STICKS

Zubereitungszeit: 10 Minuten

ZUTATEN FÜR 2 PORTIONEN

- 1 Prise Salz und weißer Pfeffer
- 2 EL Rapsöl
- 200 g Süßkartoffeln
- 2 EL gehackter Schnittlauch

ZUBEREITUNG

1. Waschen Sie die Süßkartoffeln und schälen sie anschließend. Schneiden Sie die Kartoffel nun in Stifte (ca. 3 cm) und legen ein Backblech mit Backpapier aus.
2. Vermengen Sie in einer Schüssel das Öl mit den gehackten Schnittlauchröllchen, geben 1 Prise Salz und Pfeffer hinzu und vermischen alles gründlich.
3. Wälzen Sie nun die Sticks in der Marinade und legen die Stifte auf das Backblech.
4. Die Kartoffel-Wedges für 30–40 Minuten bei 190 Grad backen. Aus dem Ofen nehmen und genießen.

PARTY-ZUCCHINI-FRIKADELLEN

Zubereitungszeit: 10 Minuten

ZUTATEN FÜR 2 PORTIONEN

- 350 g Zucchini
- 140 g zarte Haferflocken
- 120 g geriebener, junger Gouda
- 100 g Speisequark (Magerstufe)
- 2 frische Bio-Eier
- etwas Salz und Pfeffer

ZUBEREITUNG

1. Waschen Sie die Zucchini. Diese anschließend schälen und klein schneiden und danach mit der Küchenmaschine klein hacken.
2. Geben Sie die Haferflocken in eine Schüssel und mengen die Zucchini unter. Den Quark und den jungen Gouda dazugeben und alles verrühren.
3. Verquirlen Sie die frischen Eier und mischen diese unter die Zucchini-Mischung. Würzen Sie alles mit Pfeffer und Salz.
4. Legen Sie ein Backblech mit Backpapier aus. Formen Sie aus dem Teig nun 20 kleine Frikadellen und legen diese anschließend auf das Backblech.
5. Backen Sie die Mini-Frikadellen nun bei 200 Grad für 20 Minuten. Nach der Backzeit einmal wenden und nochmals 10 Minuten backen.
6. Nehmen Sie die Mini-Snack-Frikadellen aus dem Ofen und servieren Ihren leckeren Snack. Sie können diesen warm oder kalt verzehren.

BALLASTSTOFFREICHE ENERGY-KUGELN

Zubereitungszeit: 15 Minuten

ZUTATEN FÜR 10 STÜCK

- 150 g Mandelmus
- 45 g Kokosflocken + etwas als Garnitur
- 50 g Ahornsirup
- 60 g Haferflocken
- 30 g gemahlene Mandeln
- 35 g geschrotete Leinsamen

ZUBEREITUNG

1. Geben Sie für diese Power-Kugeln die Haferflocken, die gemahlenen Mandeln, die Kokosflocken und die Leinsamen in eine Schüssel. Verrühren Sie alles miteinander.
2. Geben Sie als nächstes das Mandelmus und den Ahornsirup hinzu und kneten alles zu einer geschmeidigen Masse.
3. Formen Sie nun daraus mit angefeuchteten Händen Kugeln. Diese können Sie anschließend in etwas Kokosflocken wälzen und kühl stellen.
4. Dieser kleiner Power Snack hält sich wunderbar ein paar Tage im Kühlschrank.

AVOCADO-CREME ZUM SNACKEN

Zubereitungszeit: 10 Minuten

ZUTATEN FÜR 2 PORTIONEN

- etwas Saft einer Bio-Zitrone
- 1 Avocado
- Pfeffer, Salz

ZUBEREITUNG

1. Halbieren Sie zunächst die Avocado. Entfernen Sie den Kern und entnehmen Sie mit einem Löffel das Fruchtfleisch.
2. Träufeln Sie auf die Avocado etwas Zitronensaft und geben alles in einen Rührbecher. Pürieren Sie jetzt alles zu einer cremigen Konsistenz.
3. Den Avocado-Dip nun mit Pfeffer und Salz würzen und servieren.

Tipp: Dieser Dip gelingt am besten, wenn Ihre Avocado weich ist. Ansonsten entsteht ein etwas bitterer Geschmack und sie sind schwerer zu pürieren.

KRÄUTER-WEDGES

Zubereitungszeit: 15 Minuten

ZUTATEN FÜR 2 PORTIONEN

- 1 EL Olivenöl
- 250 g festkochende kleine Kartoffeln (Drillinge)
- etwas grobkörniges Salz
- ein paar frische Rosmarinzweige

ZUBEREITUNG

1. Waschen Sie in einem ersten Schritt die Kartoffeln. Anschließend vierteln und mit dem Olivenöl vermengen.
2. Geben Sie die Kartoffeln auf ein mit Backpapier ausgelegtes Backblech und backen sie im Ofen für 25 Minuten bei 180–200 Grad.
3. Die Rosmarinzweige waschen und 5 Minuten vor dem Ende der Backzeit zusammen mit dem Salz über die Kartoffeln geben.

ORIENTALISCHER BULGUR MIT FRUCHTIGER TOMATEN-NOTE

Zubereitungszeit: 15 Minuten

ZUTATEN FÜR 2 PORTIONEN

- Salz
- 100 g Bulgur
- 1 Handvoll Basilikum
- 150 ml passierte Tomaten
- 50 ml Gemüsebrühe

ZUBEREITUNG

1. Bringen Sie zuerst den Bulgur, die passierten Tomaten und die Gemüsebrühe zum Kochen. Den Topf von der Kochstelle nehmen und alles für 10 Minuten zugedeckt quellen lassen.
2. Waschen Sie das Basilikum und hacken diesen klein. Unter den Bulgur mischen.
3. Würzen Sie zum Schluss alles mit etwas Salz und genießen Sie Ihren orientalischen Bulgur.

FRISCHER FENCHEL MIT ZITRUS-AROMA

Zubereitungszeit: 15 Minuten

ZUTATEN FÜR 4 PORTIONEN

- abgeriebene Schale einer Bio-Zitrone
- 800 g Fenchelknollen
- 3 EL flüssiger Bio-Honig
- 4 Schalotten
- 2 EL Rapsöl
- 100 ml Gemüsebrühe
- Salz, Pfeffer

ZUBEREITUNG

1. Den Fenchel zuerst waschen, halbieren und den Strunk entfernen. Anschließend in Streifen schneiden.
2. Die Schalotten schälen und klein hacken.
3. Geben Sie nun das Öl in eine Pfanne und dünsten darin die Schalotten und den Fenchel an. Den Honig darüber geben und alles karamellisieren lassen.
4. Löschen Sie alles mit der Gemüsebrühe ab. Die abgeriebene Zitronenschale noch hinzugeben und alles für 12 Minuten gar werden lassen.
5. Zum Schluss die Fenchel-Variation mit Pfeffer und Salz würzen und genießen.

BALLASTSTOFF-BOOSTER ARTISCHOCKEN

Zubereitungszeit: 15 Minuten

ZUTATEN FÜR 4 PORTIONEN

- 1 EL Rapsöl
- 1 Bio-Zitrone
- 4 Knoblauchzehen
- Saft einer Bio-Zitrone
- 12 Artischocken
- 1 Liter Wasser
- Pfeffer, Salz
- 2 EL Balsamico-Essig

ZUBEREITUNG

1. Waschen Sie zuerst die Zitrone heiß ab und schneiden Sie diese anschließend in Scheiben. Geben Sie das Wasser, die Zitronenscheiben und den Zitronensaft in eine Schüssel. Entfernen Sie den Stiel der Artischocken. Die äußeren, etwas harten Blätter können Sie entfernen.

2. Kürzen Sie die Artischocken an den oberen Blattspitzen etwas. Anschließend vierteln und falls vorhanden das Heu entfernen. Legen Sie die Viertel nun in das Zitronenwasser.

3. Schälen Sie den Knoblauch und schneiden ihn in Scheiben.

4. Erhitzen Sie in einer Pfanne das Rapsöl. Nehmen Sie die Artischocken aus dem Zitronenwasser und braten sie im Öl 10 Minuten an. Den Knoblauch hinzugeben und nochmals kurz mitbraten.

5. Zum Schluss alles mit dem Essig ablöschen, mit Pfeffer und Salz würzen und nochmals kurz aufkochen lassen. Auf Tellern anrichten und servieren.

GESPRITZTE KARTOFFELN

Zubereitungszeit: 15 Minuten

ZUTATEN FÜR 4 PORTIONEN

- 1 Prise Muskat
- 200 g mehlig kochende Kartoffeln
- 2 EL Rapsöl
- frisch gehackte Petersilie
- Salz
- 1 frisches Bio-Ei

ZUBEREITUNG

1. Zuerst die Kartoffeln waschen und schälen. Anschließend für 20-25 Minuten in Salzwasser gar werden lassen. Pürieren Sie die Kartoffeln, während sie noch warm sind.
2. Die passierten Kartoffeln mit dem Öl, dem Muskatgewürz und dem Salz vermischen. Das Ei mit der gehackten Petersilie hinzugeben und alles miteinander vermengen.
3. Füllen Sie den Kartoffel-Stampf nun in einen Spritzbeutel und spritzen immer etwas auf ein mit Backpapier ausgelegtes Backblech. Alternativ können Sie auch mit einem Esslöffel ein paar kleine Kleckse auf das Backblech geben.
4. Anschließend für 15 Minuten im Ofen bei 180 Grad backen.

FRUCHTIGER TOMATEN-FENCHEL-SNACK

Zubereitungszeit: 15 Minuten

ZUTATEN FÜR 4 PORTIONEN

- Salz
- 2 EL Rapsöl
- 3 Fenchelknollen
- 300 g Kirschtomaten

ZUBEREITUNG

1. In einem ersten Schritt die Fenchelknolle waschen, halbieren und den Stiel entfernen. Schneiden Sie die oberen etwas härteren Stiele ebenfalls ab und schneiden alles in Streifen.
2. Die Tomaten waschen und in Hälften schneiden.
3. Erhitzen Sie in einer Pfanne das Rapsöl und dünsten darin den Fenchel an. Etwas Salz hinzugeben und zugedeckt 10 Minuten garen lassen. Geben Sie noch die Tomaten hinzu und lassen nochmals alles für weitere 5 Minuten garen.
4. Zum Schluss alles aus der Pfanne nehmen, auf Tellern anrichten und servieren.

ÜBERBACKENER SPINAT

Zubereitungszeit: 15 Minuten

ZUTATEN FÜR 4 PORTIONEN

- 200 g Mozzarella
- 700 g frischer Spinat
- Salz, Pfeffer
- 1 EL Rapsöl
- etwas geriebene Muskatnuss

ZUBEREITUNG

1. Waschen Sie zuerst den Spinat. Entfernen Sie als nächstes die Stiele und schneiden alles klein.
2. Erhitzen Sie in einer Pfanne das Rapsöl. Den Spinat hinzugeben, alles mit Salz und Muskatnuss würzen und für 10 Minuten blanchieren.
3. Schneiden Sie den Mozzarella in Streifen und legen diesen über den Spinat.
4. Kurz erhitzen und mit etwas Pfeffer würzen.
5. Alles auf Tellern anrichten und servieren.

BALLASTSTOFFREICHE CRACKER

Zubereitungszeit: 10 Minuten

ZUTATEN FÜR 40 CRACKER

- 50 g Kürbiskerne
- 80 g Sonnenblumenkerne
- 35 g Sesamsamen
- 150 ml Wasser
- 1 EL natives Olivenöl
- 200 g Buchweizenmehl

ZUBEREITUNG

1. Hacken Sie zunächst einmal die Kerne ganz fein oder zerkleinern Sie diese mit einer leistungsstarken Küchenmaschine zu einem feinen Mehl.
2. Dann alle Zutaten in eine Schüssel geben und miteinander vermengen. Für eine halbe Stunde mit Frischhaltefolie bedeckt stehen lassen.
3. Nehmen Sie nun den Teig heraus und kneten Sie ihn etwas durch. Geben Sie nun ein wenig Wasser hinzu, falls es nötig sein sollte. Den Teig dann auf einer Arbeitsfläche ausrollen, sodass dieser ungefähr 2 mm dick ist. Aus dem Teig Cracker ausstechen und für 20 Minuten bei 160 Grad im Ofen backen. In einem luftdichten Behälter sind die Cracker bis zu 7 Tage lang haltbar.

GEBACKENER CHICORÉE

Zubereitungszeit: 30 Minuten

ZUTATEN FÜR 2 PORTIONEN

- 4 Stauden Chicorée
- 2 EL Butter
- unjodiertes Salz
- 4 Scheiben Kochschinken
- 4 Scheiben junger Gouda

ZUBEREITUNG

1. Heizen Sie erst einmal Ihren Backofen vor und stellen Sie eine Temperatur von 200 Grad Ober- und Unterhitze ein.
2. Schneiden Sie nun vom unteren Ende her mit einem spitzen Messer denn bitteren Kern der Chicorée-Stauden heraus.
3. Erhitzen Sie nun die Butter in einem Topf und dünsten Sie darin den Chicorée an, bis er eine leichte Bräunung bekommt. Dann ein wenig salzen und bei niedriger Hitzezufuhr rund eine Viertelstunde lang zugedeckt schmoren lassen.
4. Nehmen Sie nun die Chicorée-Stauden aus dem Topf und lassen Sie diese ein wenig abkühlen.
5. Umwickeln Sie dann jede mit einer Scheibe Kochschinken. Geben Sie sie in eine gefettete Gratin-Form und belegen Sie die Stauden mit den Gouda-Scheiben.
6. Im vorgeheizten Ofen nun noch rund 15 Minuten lang überbacken.

Tipp: Chicorée ist nicht nur ein sehr fettarmes Gemüse, sondern auch eine sehr wertvolle Mahlzeit für Ihre Dickdarm-Bakterien! Chicorée enthält zahlreiche wertvolle Mineralstoffe, Vitamine und gesunde Bitterstoffe für Ihren Darm! Die meisten Bitterstoffe finden sich im Strunk, den Sie beim Putzen herausschneiden können. Zu diesem Gericht können Sie gerne einen kalten Kartoffelsalat servieren.

Sollten Sie Fragen zum Buch haben oder Ihre Meinung äussern wollen, können Sie gerne mit mir Kontakt aufnehmen, unter der E-Mail Adresse: **info@spezial-ernaehrungs-blog.de**

Ich würde mich sehr über Ihr Rückmeldung freuen.

HAFTUNGSAUSSCHLUSS

Dieses Buch enthält Meinungen und Ideen des Autors und hat die Absicht, Menschen hilfreiches und informatives Wissen zu vermitteln. Die enthaltenen Strategien passen möglicherweise nicht zu jedem Leser, und es gibt keine Garantie dafür, dass sie auch wirklich bei jedem funktionieren. Die Benutzung dieses Buchs und die Umsetzung der darin enthaltenden Informationen erfolgt ausdrücklich auf eigenes Risiko. Haftungsansprüche gegen den Autor für Schäden materieller oder ideeller Art, die durch die Nutzung oder Nichtnutzung der Informationen bzw. durch die Nutzung fehlerhafter und/oder unvollständiger Informationen verursacht wurden, sind ausdrücklich ausgeschlossen. Das Werk, inklusive aller Inhalte, gewährt keine Garantie oder Gewähr für Aktualität, Korrektheit, Vollständigkeit und Qualität der bereitgestellten Informationen. Druckfehler und Fehlinformationen können nicht vollständig ausgeschlossen werden.

MEDIZINISCHER HAFTUNGSAUSSCHLUSS

Die hier dargestellten Inhalte dienen ausschließlich der neutralen Information, Weiterbildung und Unterhaltung. Sie stellen keine Empfehlung oder Bewerbung der beschriebenen oder erwähnten diagnostischen Methoden oder Behandlungen dar. Der Text ersetzt keinesfalls eine medizinische Beratung durch einen Arzt oder Apotheker und er darf nicht als Basis zur eigenständigen Diagnose und Beginn, Änderung oder Beendigung einer Behandlung von Krankheiten verwendet werden. Bei gesundheitlichen Fragen, Beschwerden oder Problemen konsultieren Sie immer Ihren Arzt!

IMPRESSUM

Das Pseudonym Dirk Ziegler wird vertreten durch:

Magnus Meinert

Matzen 3

88260 Argenbühl

magnusmeinert@web.de

Tel.: 0151/46651936

Texterstellung und Recherche:

Nora Peck

ZeitGeist Schreibkunst

Zoicas & Peck GbR

Lektorat:

Martina Müller

www. tina-mueller.com

Covergestaltung und -konzept:

Wolkenart - Marie-Katharina Wölk

www.wolkenart.com

ISBN 978-3-949124-00-6

Jahr der Veröffentlichung: 2020

Verantwortlich für den Druck: Amazon Distribution GmbH, Leipzig

QUELLENVERZEICHNIS

Trappe, C. (2016, August 25). *Divertikulose*. NetDoktor. https://www.netdoktor.de/krankheiten/divertikulitis/divertikulose/

Trappe, C. (2016a, August 25). *Divertikulitis*. NetDoktor. https://www.netdoktor.de/krankheiten/divertikulitis/

Allescher, H. D. & Iburg, A. (2020). *Divertikel - Für immer beschwerdefrei: Bd. eISBN (ePub) 9783432112886* (3. Auflage 2020 Aufl.) [E-Book]. TRIAS Verlag in Georg Thieme Verlag KG, ein Unternehmen der Thieme Gruppe, Rüdigerstraße 14, 70469 Stuttgart. https://www.trias-verlag.de

Institut für Qualität und Wirtschaftlichkeit im Gesundheitswesen (IQWiG), (2019, September 11). *Wie funktioniert der Darm?* gesundheitsinformation.de. https://www.gesundheitsinformation.de/wie-funktioniert-der-darm.2144.de.html

München (netdoktor.de). (2014, April 28). *Menschlicher Darm viel kleiner als gedacht*. NetDoktor. https://www.netdoktor.de/news/menschlicher-darm-viel-kleiner-als-gedacht/

Rudolf-Müller, E. (2016, August 9). *Darm*. NetDoktor. https://www.netdoktor.de/anatomie/darm/

Microbiotica GmbH. (o. J.). *Unser Darm - Abwehr aus dem Bauch*. Innovall® - Mikrobiotische Präparate. Abgerufen 2. August 2020, von https://innovall.de/ratgeber/darm/unser-darm/

Allen, A. P., Dinan, T. G., Clarke, G. & Cryan, J. F. (2017, April 18). A psychology of the human brain-gut-microbiome axis. https://www.ncbi.nlm.nih.gov/pmc. doi: 10.1111/spc3.12309 https://www.ncbi.nlm.nih.gov/pmc/articles/PMC5530613/

Li, Y., Hao, Y., Fan, F. & Zhang, B. (2018, Dezember 5). The Role of Microbiome in Insomnia, Circadian Disturbance and Depression. PubMed Central (PMC). doi: 10.3389/fpsyt.2018.00669 https://www.ncbi.nlm.nih.gov/pmc/articles/PMC6290721/

Deutscher Ärzteverlag GmbH - Deutsches Ärzteblatt, Germer, C. T. & Groß, V. (2007, Dezember 14). *Divertikulitis*. Deutsches Ärzteblatt. https://www.aerzteblatt.de/archiv/58270/Divertikulitis

Wort & Bild Verlag Konradshöhe GmbH & Co. KG. (2018, April 3). *Divertikulitis: Entzündete Darmdivertikel*. Apotheken Umschau. https://www.apotheken-umschau.de/divertikel-im-darm#Diagnose

Redaktion, F.E.T. e.V. - Fachgesellschaft für Ernährungstherapie und Prävention. (2019, Januar 8). *Divertikulose und Divertikulitis: Ernährungstherapeutische Aspekte (Update)* - https://fet-ev.eu/divertikelkrankheit-ernaehrungstherapie/

Printed in Germany
by Amazon Distribution
GmbH, Leipzig

27892429R00109